里亞德錄大地

WORLD OF LEADALE

2

【著】Ceez
【插畫】てんまそ

Kadokawa Fantastic Novels

WORLD OF LEADALE **CONTENTS**

前情提要

遭逢重大事故的各務桂菜必須靠維生裝置才能活下去。

無事可做的她認識了一款名為「里亞德錄」的ＶＲＭＭＯ遊戲，在遊戲中可以自由活動身體的樂趣讓她越來越著迷。

帶著叔叔為她製作的輔助ＡＩ奇奇，桂菜成為遊戲中遠近馳名的重度玩家。既是數量稀少的高等精靈，也是學會所有技能的技能大師。

在桂菜對依賴堂姊妹與叔叔的照顧感到負擔的某天，因為停電導致維生裝置停止，她就這樣過世了。

……原以為是這樣。

不知為何，桂菜再次睜開眼睛時身處陌生的木造房屋內，而自己的外表也變成遊戲中的角色。

她對自己成為葵娜的現狀不知所措，滿心困惑。

在此遇見操持旅店的豪爽老闆娘瑪雷路，以及精神充沛地幫忙母親的女兒莉朵。

桂菜從兩人的對話得知，她現在身處過去在里亞德錄中的熟悉場所，位於白國境內的旅

前情提要

館城鎮。

在原有的七個國家整合成三個後，這個旅館城鎮與遊戲時代相比截然不同，成了一個勉強靠農業為生的邊境村莊，葵娜也對此感到驚訝。暫時停留村莊期間，每天過著「製造輕鬆汲水的裝置，跑去踢熊；建造公眾澡堂後又跑去踢熊」的日子。

她正想著差不多該前往大城市時，擁有許多輛馬車的商隊來到村莊。

葵娜用卓越的魔法技能治癒受重傷的護衛傭兵，這大幅超越一般治癒技能的力量引起傭兵團長阿比塔與商隊老闆艾利涅注意。

葵娜一邊學習一般常識，和商隊一同前往位於大陸中央的物流中繼點，費爾斯凱洛。

葵娜與經營造船工坊的小兒子卡達茲再會，也因為被捲進捕捉王子的騷動而和侯爵搭上關係。

遇見成為學院長的長女梅梅，知道她已婚而嚇一大跳。還懷疑自己身邊發生的一連串騷動是損友的詛咒。

因為冒險者公會的委託得以找到新的守護者之塔，但也因此得知玩家早已全部撤出現在的世界，大受打擊而把自己關在房裡。

就在此時，擁有大司祭這崇高地位，靈活操作可說是營運商惡作劇的變態獨特技能的長男斯卡魯格來訪。長男帶來的衝擊太大，讓葵娜忘記煩惱，也好好與孩子們對話，以葵娜的身分得到了新的家人。

接著，艾利涅再次委託葵娜護衛他們前往盜賊危害蔓延的北國黑魯修沛盧，途中經過邊境村莊時又從地下水脈救出迷路的人魚。

輕鬆打敗假扮士兵埋伏國境的盜賊們。

接著莫名其妙地與阿比塔對戰，透過再次確認活動身體的方法應對。

然而這件事讓葵娜更加懷疑有某個玩家在背後操控這些。

序章

葵娜透過與阿比塔的模擬戰確認自己的戰鬥能力後，在抵達黑魯修沛盧前，有個煩惱在她腦海裡盤旋。

最主要原因就是前幾天在紮營地受到某人的精神魔法攻擊。

從葵娜沒受影響來看，這個精神干涉攻擊的威力很弱。

但在這塊大地上，葵娜的魔法耐性等級根本無人可及。

這似乎對耐性遠比她差的當地人，對傭兵團的人們造成很大的影響。

證據就是包含阿比塔在內的大多數成員都搞不太清楚前一晚情緒亢奮的始末，只覺得「好像有點鬧過頭了」。

魔法效果範圍似乎也是以葵娜為中心的集團，待在外側的商隊成員和在旁靜觀的火炎長槍傭兵團副團長幾乎沒受影響。

「唔唔～～」

「喂，小姑娘，魔法用過頭，累了嗎？」

「什麼？」

葵娜一臉嚴肅地發出哼聲，阿比塔還以為她魔法用過頭了。

從跨越國境後，葵娜一路施展【提升移動速度(Move up)】魔法，商隊裡有不少人很擔心她。

聽說一般魔法師要是做出相同舉動，可能不需要半天就會倒下。

當然，擁有上萬單位ＭＰ的葵娜就算施展一整天，會不會消耗一成ＭＰ都說不準。

因為【恢復ＭＰ】的技能可以隨時將ＭＰ補到全滿狀態，葵娜本人完全沒感到負擔。

「不會不會，不打緊，這種程度的魔法比攻擊還輕鬆。」

「……就算妳這樣說……」

阿比塔環視整個商隊。

因為葵娜施展的【提升移動速度】魔法不是只施展在警戒周遭的團員身上，而是施展在整個商隊上。

像是馬、載物馬車，就連在馬車裡休息的商人家人也在效果範圍內，任誰都會覺得施術者會累吧。

阿比塔會一臉懷疑地試著從葵娜的表情窺探疲倦症狀也是理所當然。

「沒事啦，我累了會老實說。」

「但妳現在是不是有點心不在焉啊？」

被說中的葵娜眼神飄移說：

「你竟然發現了啊。只是有件事有點擔心，當然和這趟旅行無關。」

葵娜拚命表示「無關無關」，所以阿比塔也不甘願地點點頭。

阿比塔離開後，葵娜終於鬆了一口氣。

（哇～～好恐怖！阿比塔先生觀察力也太好了吧。）

『真不愧是率領傭兵團的團長，相當擅長觀察呢。』

奇奇的分析很到位，也不能老是在意仍不清楚真面目的動向。

進入黑魯修沛盧後沒看見受到盜賊影響的部分，但凡事小心為上準沒錯。

葵娜決定先把「那個笨蛋」擺一邊，全神專注在加強商隊的防禦上。

第一章

北國、孫子、不睦和蛋糕

一反葵娜的多疑與阿比塔等人的擔憂，抵達黑魯修沛盧王都前沒遇到任何盜賊攻擊。

即使途中遭魔物攻擊，在葵娜的魔法輔助下，只靠傭兵團員也能輕鬆擊退。

雖然看在葵娜眼中「算不上敵人」，但實際上對以旅行為業的人來說，只是隻彎角熊都是大威脅。

僅靠一個【輔助魔法(Buff)】就讓傭兵們強過彎角熊，所以他們對魔術師葵娜的信賴也與日俱增。

雖然途中遇到一些騷動，但在離開邊境村莊八天左右，商隊抵達了黑魯修沛盧王都。

帶著緋紅豬（幼獸）入境似乎會引起問題，所以入境前將牠送回去。

順帶一提，因為葵娜減輕了馬車的重量，連帶也減輕馬匹負擔。

只要在這邊補充馬匹，回程就不需要緋紅豬出場了吧。

黑魯修沛盧和費爾斯凱洛的王都不同，是沿著山麓緩坡建設而成。

王城位處可以俯視城鎮的位置，四周被一大片森林包圍。

看那個樣子會讓人覺得應該不利於警備，但森林可是經過計算後才種植的。

只要可疑人物踏入森林一步，衛兵能立刻接到消息，輕輕鬆鬆逮捕來者。

當然，不僅王城周圍，城鎮本身也充滿綠意。

看起來像瑞士的別墅地區或高山都市，四處都是茂盛的樹木。
即使在好幾輛交錯行進的馬車中，也能聞到乘風而來的水果香甜氣味。
據說是特地選擇果樹種在街上，人人都能自由摘取水果來食用呢。
不過禁止隨手丟棄果核。
「水果是這邊最大的特色，葵娜閣下肯定也會很喜歡。」
「那個斜坡上的樹，全都是果樹嗎？」
「是啊，應該幾乎全是。就算是相同水果，可以直接吃也可以做成果醬，有各種不同料理方法，待會請親眼看看吧。」
別說親眼看了，就算不願意也會映入眼簾啊。
象徵威權，建築於俯視城鎮處的炫目白色城堡，看在葵娜眼裡相當奇怪。
第一點，是用與人等大的石材堆砌起來的洋式城牆，這點還可以接受。
但聳然聳立於城牆那頭的，竟然是和式城堡，跟白鷺城長得一模一樣。
以及城堡左右分別有比城堡更高的巨大風車。
「那是什麼～～？」
葵娜看著夾在風車間的城堡，心想「和洋折衷也能混亂到如此地步啊」，只能苦笑了。
亂七八糟的風景簡直讓人想吐槽：「這裡到底是哪個世界的哪個時代啊？」
當然，看到這個會出現這種感想的只有葵娜一人。

「噢，這麼說來，那個城堡和妳在費爾斯凱洛的廢棄區域蓋的那個很像耶，我現在才發現。」

「啊～～那個啊，據說那個城堡是原本就在這裡的堡壘啦。」

「堡壘……也就是說，是紫國的公會『拂曉鼓動』嘍？我記得那公會應該是由武裝和外表都跟武士一樣的人組成。」

就在葵娜挖掘模糊的遊戲時代記憶時，商隊通過關口檢查，終於穿過王都大門。

艾利涅的商隊走在劃分都市南北的中央大道上。

這個都市和費爾斯凱洛不同，馬車只能走在規定的道路上。

因為依斜坡建造，除了連接東西城門的道路外，其他全是上下坡。

萬一馬匹沒辦法拉住車廂，可能造成下坡時無法煞車而失控的狀況。

這條大道北側是商家及貴族區，南側則是市場與一般住宅區，一整片彷彿希臘街景。

而這更往山麓下方延伸出去。

這附近的城牆外有許多湖泊以及分出許多支流的河川，創造出水氣豐沛的清爽風景。

葵娜呆呆眺望著藍綠對比創造出的炫目光景時，艾利涅和阿比塔向她搭話。

「對了，葵娜閣下是不是有信件要轉交給誰啊？」

「妳知道要給誰嗎，小姑娘？」

聽到兩人這麼一說，葵娜從腦內翻出梅梅對她說過的名字。

記得應該是……

『是堺屋的凱利克喔，葵娜。』

奇奇立刻回答。

奇奇沒事時悶不吭聲，連葵娜也常會忘記他的存在。

在心中說了聲（謝謝）後，葵娜開口回答：

「是堺屋的凱利克。」

艾利涅聽到葵娜說出口的名字後露出驚訝的表情，阿比塔則是一點也不意外。

「該說早就不想驚訝了，還是該說哪有辦法每件事都大驚小怪啊。」

「應該說連交友關係都超乎尋常才是葵娜閣下的正常吧，那邊是我們要交易的地方，如果不介意就與我們同行吧。」

「不好意思，麻煩你們了。」

葵娜低頭拜託後，大家開始做各自的工作。

有人去借推車來搬運馬車上的貨物，有人開始確認行李，也有人卸下馬匹帶往專門寄放的地方。

阿比塔留下一半團員護衛馬車，似乎是要去替所有人處理好住宿的問題。

「那麼，老闆，我就去訂平常住的那裡嘍，也會替小姑娘安排單人房啦。」

「阿比塔先生，非常謝謝你。」

「不用道謝，我們可是旅程中同甘共苦的夥伴咧。」

阿比塔搔臉苦笑著回應連這也要道謝的葵娜。

因為目的地相同，而且在城市裡也不太容易遇到麻煩事，所以艾利涅的護衛工作全交給葵娜。

雖然她也是這群人當中最強的啦。

離開商隊走在艾利涅身後的葵娜不停四處張望，沒個定性。

除了因為是第一次來到其他城市，更因為這和遊戲時代井然有序的街景完全不同。

看見葵娜的反應與剛抵達費爾斯凱洛時相同，艾利涅不禁失笑。

「啊，不好意思，我明明是艾利涅先生的護衛，卻不專注……」

「城市裡頂多只需要注意扒手啦，葵娜閣下真的很不清楚現在的世事呢。」

「非常不好意思，我基本上就是鄉巴佬啊。」

首先，朝商人公會前進的路上，艾利涅對葵娜說明看到街景也難以理解的部分。

關於設置在連接湖泊的緩坡上的風車，以及風車之間的線。

那看起來像線的東西，就算葵娜用【鷹眼】看也只覺得像圓木，但不清楚詳情。

「這個王都別名又稱『風車都市』或『技術都市』，因為水源的位置較低，利用風車轉動的力量汲水，通過鑿空的圓木管配送到城市的各個角落。」

「這樣啊，但這裡沒有水井之類的嗎？」

葵娜問完，艾利涅指著城堡左右兩側規模大上一圈的兩個風車說：

「那個就是，聽說向下鑿了難以想像地深。」

「……是喔～～」

聽完艾利涅說明，葵娜感到佩服：「為了活著努力真的好厲害。」

這麼想來，葵娜反省在邊境村莊遇見那些技術者時，她太敷衍應對他們的熱情了。

「下次要是再見到面，好好說明吧……」

聽見葵娜低語，艾利涅苦笑道：「妳人也太好了吧。」

兩人造訪的商人公會形狀像個倒扣的全白飯碗。

簡單來說，就像個白色大福。

裡頭的櫃台人員聽完說明，收下遺物後，慌慌張張去向上司稟告，接著帶領兩人走進裡面的房間。

據說是公會長的白髮老人和祕書一起走進房間。

「似乎是聽見了不得了的事情，是你嗎？」

「哎呀哎呀，沒想到公會長會親自接見，太讓我惶恐了。」

艾利涅連其他國家的公會長都認識，果然是個很厲害的商人。

艾利涅坐在沙發上，站在他後方護衛的葵娜再次深感佩服。

艾利涅對公會長說明他們在越過東邊國境時遇見的盜賊。對手的規模、應對方法，以及厚葬國境士兵的事情全都詳細說明。慎重起見，沒說出葵娜使用魔法的事。

因為遭攻擊的盜賊魔法師不只死了，還燒到只剩地面上的汙漬。

就算要他們拿出證據也束手無策。

老人聽著，要祕書記下重點，眉間的皺紋也越擠越深。

最後，艾利涅說著「盜賊手上拿著這種東西」，把打倒的首領擁有的魔杖放在桌上。

艾利涅和阿比塔商量後，決定把魔杖上交給國家。

對阿比塔來說，當成殺手鐗留在傭兵團裡也是可以，對艾利涅來說也能當成商品，但這東西的來處實在太詭異。

而且也有出現「他們和盜賊使用相同東西」這種醜聞的危險性，所以決定當成證據交給國家。

看來這世界好像把遊戲時的道具當成古代遺物看待，公會長立刻著手通知高層人員。

騎士團似乎會在幾天後派人到國境。

公會長也拜託他們：「國家近期會派人去找你們，請你們重述剛剛說過的事情。」

「這類的報告果然得重複好幾次啊。」

「是啊，這類就是花時間走形式的事情嘛。」

葵娜一想到得重述在商人公會說過的話，就只想嘆氣。
雖然說話的人是艾利涅，卻讓她不禁想著要是有影印機之類的魔法道具就好了。
「那麼，接下來就去堺屋吧。」
艾利涅走出商人公會，伸懶腰捶捶肩頸後向葵娜確認。
看來艾利涅也沒想到會由公會長出面，所以相當疲憊。

艾利涅接下來帶葵娜造訪一個屋舍朝左右長長延伸，相當寬敞的建築物。
商家內的腹地非常寬敞，光這棟房子就有普通民宅的五倍大。
而房子的設計也與周邊的房子不同，相當格格不入。
雖然同為白色牆壁，但像擺上兩個等腰三角形的屋頂斜面上鋪設的是瓦片。
向外延伸到面前道路上的類似羅馬民族的小帳篷，似乎是暫時擺放行李的空間。
不知道是業者還是工作人員，很多人搬運物品來往屋舍與帳篷。
即使只有吆喝與應和，不間斷此起彼落也是相當吵鬧。
這裡有許多種族的人，有一次搬起四個箱子的人類，也有正在打算盤的龍人族。
有好幾個人一起拉馬車的犬人族，也有盤坐在行李山上抽煙斗的貓人族。
這幅光景讓人不禁有種職責錯亂的感覺。
「這是什麼和洋折衷啊……」

「和洋折衷……還真是奇怪的一句話呢。」

艾利涅聽見葵娜傻眼的低喃後，不解地歪頭。

葵娜不知該怎麼回答，只好說明是兩種文化融合後的型態。

艾利涅仔細體會，又再次好好看了建築物一眼後深深點頭。

「原來如此，和洋折衷啊。我先前就感覺有哪裡不太對勁，原來是這麼一回事，我終於明白了。」

（咦、咦～～？）

反倒是以為需要更進一步說明的葵娜對他乾脆接納的態度感到有點掃興。

艾利涅身手矯捷地在搬運貨品四處移動的龍人族工人，以及矮人、犬人族員工間穿梭。

葵娜也努力跟上他的腳步，心驚膽跳地害怕個子矮小的艾利涅會被踢飛。

最後，艾利涅終於走進指揮工人工作的商人們進出的正面入口。

「葵娜閣下知道堺屋嗎？」

「不，完全不知道。」

「…………」

是因為葵娜毫不猶豫老實回答嗎？艾利涅一句話也說不出地抱頭。

堺屋在各個國家都有分店，是個只要冒險者提出委託，不管要採購道具還是委託護衛都能使命必達的知名商店。但令人傷心，此一常識無法套用在這個自稱鄉巴佬的身上。

「我當商人這麼久，第一次遇見不知道堺屋的人。」

「啥……？」

根據艾利涅說明，「堺屋」是這個國家不可或缺的商家。

他們的勢力也延伸到大陸各處，是對商人公會也有影響力的商人家族。

倒不如說，建立商人公會的就是堺屋。

從一粒小麥到魔法道具，他們經手的商品相當廣泛，可說沒有堺屋找不到的商品。

要是被堺屋盯上就沒辦法繼續當商人，所以大家在交易時都會再三小心注意。

身為對這些事毫無知悉的人，葵娜為了不露出更多漏洞，決定專心堅守護衛工作。

完全沒發現她身上就帶著超巨型炸彈。

艾利涅叫住站在出入口附近專門服務商人的精靈少年。

「不好意思，方便打擾一下嗎？」

「！這不是艾利涅先生嗎，好久不見了。你要找小老闆吧，我現在就去請，你稍等一下！」

少年一看見艾利涅便立刻往屋裡走，這舉動令艾利涅滿意地點頭。

連名字都不用報，似乎還認識位高權重者，葵娜內心戰戰兢兢地想著：「他該不會其實是很驚人的高手吧。」

「哎呀，艾利涅先生，今年面臨那樣的狀況，你是怎麼來到這個國家的啊？」

「我找到了一個不容小覷的幫手啊，出外果然要靠朋友。」
稍微打招呼後開始談交易的艾利涅，和被稱為小老闆，有相當威嚴的精靈青年。
在金銀等色彩豐富的精靈族裡，他擁有罕見的黑髮與褐色眼睛。
邊聽兩人交談，葵娜放棄地心想：「自己想什麼全寫在臉上，絕對做不到這種談判。」
兩人的對話順利進行，最後用力握手後結束談判。
「大老闆今天在嗎？我們從費爾斯凱洛帶來一封信要轉交給他。」
「信嗎？不好意思，可以讓我看一下嗎？」
「好喔。」
原本就打算趁談交易時順便轉交，信件早已寄放在艾利涅身上，精靈青年接過信件。
翻到背面，確認寄信者是誰後，青年的表情瞬間繃緊。
「請、請稍等！」
看見他完全捨棄方才游刃有餘的表情，十分慌張，艾利涅和葵娜面面相覷，頭上冒出無數個問號。
稍微等一會兒後，精靈青年又跑回來。
他的如此舉動大概相當罕見吧。
在店裡的堺屋關係者們全嚇得睜大眼睛。
青年推著兩人的背往店裡走，走過長走廊後，來到一間擺設了穩重家具的安靜房間。

青年請兩人在沙發上坐下，葵娜與艾利涅歪頭不解「到底是怎麼一回事」，此時比剛才那位青年多上好幾分威嚴的風姿瀟灑的美男子出現在他們面前。

因為是精靈，外表看起來很年輕，但身上散發的氛圍比剛才那位青年更高上幾倍。

他的顏色也是如日本人般的黑髮、黑眼。

對葵娜來說，這相對熟悉的顏色令她內心鬆了一口氣。

「哎呀哎呀，這不是凱利克大人嘛，久疏問候了。」

「好久不見了啊，艾利涅閣下。我聽說你的手腕仍是那般高超呢。」

艾利涅從沙發上起身，向他深深一鞠躬。凱利克舉起單手制止後，要他放輕鬆。

看來這個人物似乎就是掌管堺屋的人。

到這邊都還沒問題，但他才走到葵娜面前，就突然深深一鞠躬。

看見這一幕，艾利涅嚇得心臟都要跳出來了。

說起「堺屋的凱利克」，可是一百年前建立商人公會，整頓好三國間的通商道路，被稱為商人之神的人物呢。

對艾利涅來說，凱利克是他父親的知己，更是自己的經商導師。

就艾利涅所知，想不出除了王族外，還有誰可以讓凱利克低頭鞠躬。

路上已從艾利涅口中得知這些事情的葵娜也在腦海中敲響最大警鐘。

但為時已晚，凱利克下一句話讓她腦袋一片空白。

「初次與您相見，『外祖母』。我是您的女兒梅梅的兒子，名叫凱利克・堺。」

「……………什麼？」

「我已從母親口中聽聞外祖母的盛名。可以見到至寶守護者的您，是我至高的榮幸。」

艾利涅對這突然降臨眼前的事實啞口無言。

那近似在邊境村莊得知葵娜已經是三個孩子的媽時的衝擊。

而睜大眼無言以對的葵娜受到的衝擊更勝艾利涅。

（梅梅的兒子，也就是我的孫子？才十七歲就有孫子那梅梅可能除了現任老公之外還曾有過丈夫如果用鼠算式增長來計算接下來也可能陸陸續續冒出孫子或曾孫不如果這個凱利克也已經有小孩或孫子那我不就是曾祖母……哈、哈哈哈……）

葵娜汗如雨下，僵在原地。

畢竟是第二次了，艾利涅好不容易從震驚中恢復正常，對葵娜無言的樣子感到不解。

發現葵娜這副模樣的凱利克當然也是不解。

「……葵娜閣下？」

「外祖母？」

艾利涅對一動也不動的葵娜感到詫異，說聲「不好意思」後在她眼前揮揮手。

沒有反應。

艾利涅重拍葵娜肩膀後才讓她回神。

葵娜深呼吸一口氣，重新面對精靈青年。

滑順黑髮搭上深黑色眼睛，臉還好，大概只有眼睛與梅梅有幾分相似。

看見葵娜繃緊一張臉一語不發，凱利克和艾利涅都皺起眉頭。

「一路上不停使用魔法果然讓妳太累了吧？」

「什麼，竟然有這回事！肯定累壞您了吧！別住破爛旅店，我讓人替您準備更好的房間，還請您在那邊歇息。」

「啊～～我沒事，該說只是突然有個驚人的事實擺在面前……或是梅梅不可原諒……」

艾利涅發現終於重開機的葵娜身上冒出黑暗情緒，連忙別開眼。

不知為何，突然有壓迫感以她為中心擴散開來。

凱利克首當其衝，沐浴這股參雜惡意的情緒而全身僵硬。

在一旁的艾利涅也感覺到了。

「而且，破爛旅店我也比較能放鬆，還、請、你、別、費、心。」

比凱利克認識葵娜更久的艾利涅立刻察覺葵娜話中帶刺。

孫子凱利克的某句話扣下扳機，在葵娜內心掀起狂風暴雨。

因為奇奇加以安撫，所以只洩漏出威嚇。

喜歡邊境村莊瑪雷路的旅店和費爾斯凱洛王都便宜旅店的葵娜，其實相當期待不同國家的旅店。

簡單卻富有風味的料理，以及和清苦學生、冒險者們的交流等等。

在充滿老街風情的市場裡邊買邊吃，可說是超過半生無法用嘴巴吃東西的她的興趣。

特別是在瑪雷路的旅店吃的「慢火燉煮蔬菜湯」，對葵娜來說是第二個媽媽的味道。

而這些全被用一句「破爛」來貶低，惹得葵娜鬧彆扭。

要說葵娜孩子氣，她也絲毫不否認。

就算對方是有地位權力的商人，也跟她沒關係。

就算說是她的孫子，她也毫無真實感，決定把對方當成無關的陌生人。

梅梅隱瞞兒子的存在讓兩人見面，是想嚇母親一跳。

但梅梅沒預料到兒子一句話惹怒葵娜，讓葵娜在心中將凱利克列入「討厭」名單中。

因為這等理由，葵娜化身為不愉快的聚合體。

原本該是與外祖母感人地初次見面的凱利克，被葵娜自動啟動的【威嚇】壓制，完全縮成一團。

對方是母親當床邊故事說的太古時代十三位守護者其中之一。

是聽說「要是惹她不開心，連親人也會化作碎屑」的最恐怖行刑人（這全是梅梅的虎姑婆類故事）。

這次輪到不知道自己哪裡做錯的凱利克陷入混亂。

而被這兩個大人物夾在中間，就算是艾利涅也無從調解。

艾利涅光是帶著不開心的葵娜迅速離開堺屋就已用去全身力氣。

不知道原因也無從安撫起。

艾利涅帶著氣呼呼的葵娜前往來這個國家時固定住宿的旅店。

「喔！艾利涅閣下，我們先開始了喔！」

「小姑娘也快到這邊來！」

為了消除旅途疲憊，天都還沒黑，火炎長槍傭兵團的人已經開始酒宴了。

每次都是這樣，也不是太罕見的光景。

要說有哪裡不同，大概就是有三個騎士正在向商隊同伴問話吧。

看來似乎在他們停留堺屋的期間，要問話的騎士團已經先一步抵達了。

商隊同事看見艾利涅走進旅店便指著他，騎士們點點頭後走過來。

三人中看似隊長的是一位精靈女性，但她不知為何頻頻看向葵娜。

「你就是這個商隊的負責人嗎？」

「對，你們是商人公會所說的騎士團吧。幸會，我叫艾利涅。」

「我是黑魯修沛盧騎士團的凱利娜，不好意思，可以立刻請教你關於在東邊國境發生的事情嗎？」

「好的，我知無不答，首先是……」

葵娜走過他們身邊，朝暢快地喝酒的傭兵團一行人走去，一屁股往空位坐下。

雖然已經稍微冷靜了，但她這副多少釋放出威嚇的模樣，任誰都能看出她很不高興。

「小姑娘，怎麼啦～～是有誰趁人多，偷摸妳屁股了嗎？」

「遇到那種人就朝他命根子踹過去啦！」

「我想是不可能，但妳應該沒在街上用魔法攻擊吧？」

「才不是！有人貶低我喜歡的東西啦，真的是氣死我了！」

「哎呀，討厭的事情就吃好吃的東西忘光光吧。喂～～！老闆娘！把妳自豪的料理端來給這小姑娘吧。」

大概是因為周圍都是知心朋友，葵娜終於收起她的威嚇。

多虧有團員點餐後立刻端上桌的濃湯，喝著喝著，葵娜的心情也變好了。

確認她身上的氛圍已經回到平常溫和的感覺後，團員們安心地吐了一口氣。

光看前幾天的魔法威力就知道她的實力不容小覷。

更因為葵娜平時溫和，放任她繼續生氣很令人害怕。

特別是有可能誤觸逆鱗的第三者。

葵娜不知道認識她的人早已理解只要給她美味食物就能讓她滿足的操控方法。

「嗯～～好好吃喔！」

「在妳享受美食時打擾，不好意思，葵娜閣下，方便請妳過來一下嗎？」
就在葵娜品嚐質樸的濃湯時，和騎士團談話告一段落的艾利涅呼喚她，她便走過去。
原本的三位騎士只有似乎是隊長，自稱凱利娜的精靈女性騎士留下。

現今大陸上的三個國家中，黑魯修沛盧是有人類以外最多異種族生活的國家。
統治國家的王族是人類，但有許多精靈擔任重要職務也是特徵之一。
當然也有矮人與龍人族身居要職，但沒精靈人數多。
自稱凱利娜的騎士也是其中一人吧。
葵娜在艾利涅身邊坐下的同時，凱利娜站起身，單膝跪地並低下頭。
看見在場的人全嚇一大跳，可以肯定這是很唐突的舉止。
葵娜看到她的舉動，和剛剛發生的事重疊，像是頭痛再次發作般緊按額頭。
「喂、喂，妳幹嘛突然朝我低頭啊？」
「似乎是惹得您相當不悅，我代替弟弟向您謝罪！真的非常抱歉，『外祖母』！」
「咦……什麼……咦咦？」
今天第二次被叫「外祖母」，葵娜也只能再次無言以對。
仔細一瞧，可以發現凱利娜的容貌與凱利克十分相似。
葵娜不認為擁有日系色彩的精靈族有那麼多人。

「妳是那個傢伙的血親？」

「是的，我叫凱利娜．堺，是凱利克的雙胞胎姊姊。但沒想到您竟然叫他『那個傢伙』啊……看來弟弟真的對外祖母相當不禮貌。」

凱利娜站起身，雙手環胸嘆氣。

然而，雖說是姊弟，她的應對也未免太迅速了，艾利涅充滿疑問。

因為凱利克惹怒葵娜後回到這裡的時間，和凱利娜在這裡的時間根本兜不上。

「剛剛才發生的事情妳還真清楚耶……妳到這裡前先去堺屋一趟了嗎？」

「不，我們是雙胞胎，我們有就算不見面也能對話的能力。」

「啊，是【獨特技能（Extra skill）：心電感應】啊……」

「真不愧是外祖母，以前曾從母親口中聽說那是這個能力的名稱。」

即使是【技能大師】，葵娜也有無法透過【獨特技能：製作卷軸】傳授給他人的技能。

其中一個就是【心電感應】。

這是在遊戲當中，可以和兄弟姊妹親子等關係的人傳送上限七十五字的電子郵件的趣味技能。

需要透過麻煩的手續才能取得。

首先，和要好的朋友決定好關係後聯絡營運商。

只有在取得雙方同意，建立起虛擬血緣關係的人，才能得到這項技能。

說得極端一點，就是義兄弟結拜、互稱姊妹、桃園結義那類的東西。

葵娜在遊戲裡也有結拜的兄弟姊妹，但是現在可以使用【心電感應】的對象全都無法聯繫。

當然，葵娜也沒嘗試寄信給所有人，不能保證全部不通。

不知為何，沒有建立關係的斯卡魯格等人也有這項技能，讓葵娜非常困惑。

再次見面時，孩子們抱怨葵娜毫無回應，但對葵娜來說，她沒建立任何關係，根本無從回應起。

那時只好扯了正經八百的謊蒙混過去。

（什麼我忘記我用結界遮蔽起來了，還真虧斯卡魯格他們連這麼牽強的藉口也信……）

亂說話踩地雷的人是凱利克，葵娜沒打算拿凱利娜出氣。

葵娜認為真摯地替弟弟的無禮道歉的凱利娜沒有錯，所以接受了她的道歉。

凱利娜聽到後表情大為放鬆，這讓葵娜好奇地問她原因。

「這是因為我們常聽母親說『就算是親人也會毫不客氣碎成屑末』、『惹怒她就會如惡魔一般』之類……」

「我才不會那樣做！」

雖然她奮力否定，但把兩人互動當成下酒菜欣賞的傭兵們和艾利涅插嘴：

「小姑娘啊……再怎麼說，那也太過分了吧。」

「葵娜閣下，妳以前會做那麼過分的事啊……」

「我、我才沒有！我看起來像那種隨機殺人魔嗎？」

然而團員們面面相覷，沉默一拍後同時點頭。

「「「冰花之類的？」」」

「是怎樣，你們幹嘛全那種反應啊啊啊啊！」

因為葵娜慌張的反應太有趣，阿比塔等人時而安撫她、時而捉弄她。

……但沒過多久，大家玩過頭突破了葵娜的憤怒臨界點，一起打開地獄之門了。

「喔～～哈哈哈！這就是那個吧！我可以盡情生氣吧！」

「等等！小姑娘妳冷靜一下！慢慢把妳手上的東西放到地上！」

「妳那個大雪球是從哪生出來的啊！」

「咦？啊？咦？」

人頭大小的雪球「啵啵啵啵啵啵啵！」地不斷在葵娜身邊出現。

說是地獄，這似乎是冰雪地獄那類的東西。

「看來大家全喝醉了，希望這些小水花可以讓大家醒醒酒。」

「妳那若無其事的表情和身邊的東西八竿子打不著啊！」

「那種大小哪叫小水花啦！」

「喂，團長你也做些什麼啊……落跑了啦～～～～！」

「那傢伙竟然第一個逃走！」
「發射。」
「「「呀啊啊啊啊啊啊啊啊！」」」
不用說，他們就這樣在旅店裡化身成雪人。
另外，遭池魚之殃的凱利娜也被捲入其中，這又是題外話了。

◆

艾利涅等人為了交易，需要在黑魯修沛盧待上十天左右。
這段期間，火炎長槍傭兵團團員排班，少人數護衛就足夠了。
只有回程路上需要葵娜幫忙，所以這段時間她可以自由度過。
「葵娜閣下要去觀光也行，想去公會接工作也可以，隨妳開心過喔。」
雖然艾利涅這麼說，完整繼承遊戲時代留下來的金錢的葵娜也不缺錢。
艾利涅的部下，名為立迪的年輕實習商人帶著好幾束柴薪回來。
「葵娜小姐，我總之先買十束回來了。」
「十？」
葵娜睜大眼看著堆在眼前的柴薪小山。

「無可奈何啊，葵娜小姐也說了，沒辦法指定要做出哪個啊。」
「是這樣說沒錯啦……這一束有幾根啊？」
「不知道耶，我也不清楚。」
立迪滿臉笑容回應後，一一拆散成束的柴薪。
一束大概有十六～十七根柴薪。
幾乎被艾利涅商隊包場的旅店食堂地板上堆出一座柴薪山。
葵娜拿起一根，施展【技術技能（Craft skill）：加工：佛像】。
小小的綠色龍捲風包裹住手臂大小的柴薪，瞬間製作出精巧的木雕彌勒菩薩。
葵娜接著拿起下一根柴薪施以相同加工，做出藥師如來像。
葵娜重複撿起柴薪加工的步驟，逐一將完成的木雕放在周圍的桌子上。
桌面漸漸被木雕佛像系列占滿。
立迪與同伴們邊湊齊整組木雕，小心不碰傷地裝箱。
約莫花費一小時，把近一百六十根柴薪全變為木雕佛像。
「啊～～！累死我了！」
「葵娜小姐，辛苦妳了。」
「葵娜閣下，辛苦妳了。我會把淨利的四成交給妳，請妳期待啊。」
「這真的能賣出去嗎？」

疲憊。

「把這全部賣光就是商人的工作啊。」

艾利涅在邊境村莊看見葵娜加工後就提議要販售佛像，所以葵娜才這樣不停加工。

對葵娜來說，消耗ＭＰ和加工算不上什麼勞動，倒是要當成商品這件事造成了她的精神疲憊。

葵娜擔心：「要是賣不出去，或是大家連看也不看該怎麼辦？」

「艾利涅先生，這要賣多少呢？」

「一個五枚銀幣吧。」

立迪詢問下，艾利涅指示售價，葵娜立刻大喊：「貴死了！」艾利涅揚起嘴角一笑。

柴薪一束八枚銅幣，十束就是八十枚銅幣。

要是全賣出去至少有八百五十枚銀幣，就算是大賺一筆也做過頭了吧。

「葵娜閣下，妳不用這麼擔心。」

「咦？擔心什麼？」

「會加上『高等精靈崇拜的神明』這句宣傳，現今大陸上沒比這更罕見的東西了。」

葵娜看著斬釘截鐵的艾利涅，後悔當初應該更斟酌說明才對。

「……雖然這樣說，但我到底該做什麼才好啊，是吧～～」

葵娜請旅途中聊過幾次天，建立起朋友關係的團員替她手繪地圖，前往冒險者公會尋找在期限內可以完成的工作。

不是為了錢，而是為了打發時間。

「但看到這個地圖，讓我深深感覺到自己好像小孩第一次幫忙跑腿耶。」

因為不清楚這個世界的識字率怎樣算高水準，所以不知該怎麼說明，葵娜手上有一張用點和線畫出來的簡易王都地圖。

到這裡還沒問題，問題在於上面全部都用平假名寫著「冒險者公會」、「住宿地」、「市場」。

葵娜感覺自己簡直像被電視台偷偷跟拍的孩子。

黑魯修沛盧的冒險者公會設立於面對區分上段、下段的大道上的住宅區這一側。

大概有某些基準，和費爾斯凱洛的公會相同，是由三棟形狀相同的樓塔緊鄰建起。

室內結構也很雷同，入口正面就有談話區，往裡面走是櫃台，左手邊有布告欄。

彷彿到哪裡都是這樣，布告欄貼滿委託書。

隨意瀏覽一圈，三成的委託者是商人，委託內容為「請擊退西邊外殼商道上的盜賊」。

因為從商人聯想到一些事，加上以前艾利涅曾提及相關事情，所以葵娜決定向附近徘徊的同行蒐集資訊。

揹著巨大雙手斧，身穿重鎧甲，一身灰色鱗片的龍人族。

他身邊站著一位輕裝鎧甲，腰際佩劍，手上纏著長鞭的女性，所以葵娜試著搭話。

「那個～～不好意思？」

「嗯，小姑娘，怎麼啦？如果是同行，妳還真嬌小呢。」

「誰在你眼中都很嬌小吧。」

看來他們似乎是兩人一組的冒險者。

被稱為「小姑娘」也無可奈何，葵娜差不多放棄了。大概認為同性比較好說話，女性出面應對。

「在附近沒見過妳耶，剛成為冒險者嗎？」

「不，我是從費爾斯凱洛來的。」

「真虧妳在那種狀況中還能抵達這裡耶……是從東邊的外殼商道來的嗎？我記得那邊的橋應該斷了吧？」

「就算沒有橋，也是有渡河的手段啦。」

「妳還真有自信呢，那麼，找我們說話是有什麼事嗎？」

「我聽說這個國家有座建在湖泊中央的城堡，妳們知道那在哪裡嗎？」

回答葵娜問題的是龍人族戰士。

他指著室內右側張貼公會公告的布告欄上的地圖。

那是將黑魯修沛盧周邊簡化的縱長地圖。

王都南側四處畫著許多小湖泊與細小河川，下方還畫有紅線。

被視為危險地帶的範圍大約占地圖的三成。

「知道，妳是說月牙之城吧。那位於盜賊的勢力範圍內，所以在禁止進入區域，應該比那條紅線更南邊。」

「為什麼叫月牙之城啊？」

「不知道為什麼，只要到月牙夜整個城堡就會閃閃發亮。傳說那是古代的寶藏庫，聽老頭們說，那被稱為『守護者之館』之類，受到大家畏懼。」

這是連葵娜也能直言「就是這個！」的確切資訊。

超過兩百歲的精靈中，肯定有人知道守護者之塔。

反過來說，要是因為主動詢問而暴露自己就是「銀環魔女」也很頭痛，所以只能放棄去找那些精靈詢問。

雖然想知道詳情，可以在這裡聽到這些算很幸運了吧。

「謝謝你們。」

葵娜向告訴她資訊的兩人道謝。

「不用謝，這種是隨處可得的資訊啊。」

女性笑著揮揮手，但龍人族戰士眼神認真地盯著葵娜的臉。

「那個，有什麼事嗎？」

「啊啊，沒……咳！」

龍人族男性欲言又止，但脖子受到女性出其不意的肘擊而蹲下身。

「啊，不用在意，他是個喜歡緊盯著女生的臉看的變態啦。」

聽到這種話，就連葵娜也倒退三尺。

「什麼？啊，是、這樣啊。」

但是，葵娜仍帶著無法苟同的表情在意著他們，並且離開冒險者公會。

女性朝葵娜的背影揮手，確認龍人族搭檔確實調整好呼吸後，嘆了一口氣。

「不管怎麼看，你都很可疑喔。」

「咳……妳突然是幹嘛啊，咳！」

總之，怒吼的龍人族男性沒繼續抗議，只是雙手抱胸。

龍人族的表情極難辨識，但他臉上明顯透露出不滿。

「別突然把人當變態啊。」

「對不起對不起，但如果不那樣做，就對那個小姑娘太失禮了吧。」

女性的語氣沒了剛剛的大姊頭感，彷彿龍人族的同性友人般爽快。

「總覺得好像在哪見過她……」

「什麼啊，這不是搭訕的經典台詞嗎？對方看起來似乎是精靈，長得美也是理所當然吧。」

龍人族男性歪著頭重複：「不是搭訕，是真的在哪看過啦。」但女性完全不當一回事地說：「你只要看見精靈就會去跟人家說話吧。」

最後，龍人族男性也只好沮喪地放棄。

雖然不是報復，龍人族只警告女性：「妳的本性要露出來了。」

女性用手遮住自己差點要反駁的嘴，開始低喃：「我是女的我是女的我是女的……」

這是她不小心露出本性就會重複的儀式，對了解內情的他而言只能說是她自作自受。

肯定不是用一句「發生了一件悲傷的事」就可以解決的悲哀狀態。

沒人能解決這個問題，所以也只能放著不管。

確認不斷自我暗示的她振作起來後，龍人族男性和女性也離開冒險者公會。

他們現在也因為盜賊，工作大幅減少。

即使如此，不是自己去努力，而只能期待「有沒有人能想辦法解決啊」，讓他們痛切感受到自己能力不足。

葵娜離開公會後想著該怎麼辦，在街上到處亂晃。

據說想抵達問題的地點，騎馬單程要花上兩天時間，但葵娜只要使出所有手段，輕輕鬆鬆就能在今天抵達。

說話回來，聽說騎士團被盜賊耍得團團轉，盜賊當中有那麼厲害的人物嗎？

昨天見到的凱利娜也是葵娜至今遇到的人之中最強的。

葵娜不認為她會輕易輸給盜賊。

而她的騎士部下們程度比阿比塔稍弱，這部分大概能推測是整體素質下降的關係吧。

「話雖如此，這裡不是遊戲世界，應該不可能貼出討伐委託就會有人立刻接下吧～～」

葵娜擔心的是擊退盜賊後人們的反應。

過河拆橋的背叛也讓人痛苦。

葵娜過去在獵場認識公會夥伴以外的意氣相投的玩家，那些玩家在她成為技能大師後曾如此提議：

「我們對分手續費和介紹費，妳可不可以特別關照啊？」

這是葵娜每次要到城市接受委託或領取報酬時就會發生的困擾。

當時的葵娜還不知道該怎樣擺脫這些知道她是技能大師而群聚而來的玩家。

而且葵娜找意氣相投的玩家商量該怎麼面對這些玩家時，他們幾乎全給出這種答案，葵娜內心遭受的衝擊無法用筆墨形容。

因此，葵娜變得除了公會召集外都躲在邊境，絕對不接近人多的地方。

光是沒有退出遊戲，就已經比神經衰弱的同伴好太多了吧。

雖是如此，也不能因為遊戲時代的經驗就擅自認定現在的人們也相同。

葵娜可以認識理解她不想引起騷動的艾利涅、會提醒她別把過於強大的力量外顯的阿比塔等人，她感到很幸運也充滿感激。

（如果是商人，凱利克應該也知道這種狀況吧？）

『這樣真的好嗎？妳可是狠狠揮開他的手耶。』

（說的也是～～不小心就火大的我也有錯啦。但是，昨天才那樣，今天就去找他也有點尷尬～～乾脆明天帶個賠罪的伴手禮再去見凱利克好了。）

『食物應該比一般東西好吧？』

（因為有商人公會，東西相當齊全啊，去看看有什麼材料好了。）

葵娜避免自己陷入負面思考，靠著在腦海內與奇奇對話轉換心情，朝市場前進。

為了思考該帶什麼伴手禮去。

◆

——同一時刻。

位於費爾斯凱洛的斯卡魯格辦公室中，一臉蒼白憔悴的梅梅眼神渙散地趴在桌上。

連斯卡魯格也擔心妹妹這種狀態，想找辦法解決。

但當原因與母親葵娜有關時，斯卡魯格的天秤就會往母親偏移。

梅梅會這樣靈魂出竅般全身無力是有理由的。

原因就在於前一天傍晚凱利娜傳來的【心電感應】。

梅梅只是抱著「住在黑魯修沛盧的孩子們和媽媽有感動的初次相會了吧」的雀躍心情看內容。

但是，上面卻寫著「凱利克惹怒外祖母大人了，差點就有生命危險，該怎麼辦才好？」

梅梅嘗到從天堂被打落地獄的絕望，接著被「葵娜回來後會不會罵她」的恐懼控制。

然後就心煩意亂地衝到哥哥這裡來了。

斯卡魯格聽完原因後，臉色一變，擔心自己袒護妹妹的話，母親的怒氣會不會轉移到自己身上。

當然，斯卡魯格知道妹妹當時是有很多原因才把孩子們留在黑魯修沛盧，前來費爾斯凱洛，所以也沒辦法置之不理。

即使如此，母親的怒火還是讓人恐懼。

如果被罵就能解決也就算了，但其中還交雜【威嚇】的話，精神層面可能無法招架。

要是葵娜會多加考慮這些事情，斯卡魯格等人也不需要這樣時而高興時而憂慮了。

斯卡魯格手放在如幽靈般的妹妹肩上，露出爽朗笑容的同時牙齒也閃閃發亮。

「這也只能說是妳自作自受了吧。哎呀，我也陪妳一起道歉啦，打起精神來。」

「唔、嗯，哥哥，謝謝你。」

看見梅梅如此罕見地怯懦又老實，斯卡魯格心想：「她也是有點可愛之處嘛。」

而梅梅在斯卡魯格的鼓勵下，也稍微對哥哥另眼相看了。

對孩子們來說，只要透過【心電感應】就能找母親問個詳細，但葵娜根本沒這個技能，所以也無計可施。

孩子們不清楚母親失去技能的原因，但認為「兩百年前有發生什麼事吧」便接受了。

不管怎樣，母親好不容易脫離隱居狀態走出來，又能再次相見了。

而斯卡魯格等人的共同意見就是希望母親這一次可以自由自在地活著。

◆

「你們這些傢伙！擺這種牌子也太不敬了吧！」

「嗯？」

葵娜在黑魯修沛盧的市場購買料理技能（Cooking skill）用的材料時，偶然聽到這個怒吼聲。

以一大袋為單位買麵粉，不計較金錢把食譜上的水果全買齊。

那就是過去艾利涅畏懼她會「破壞市場」的模樣。

小商店老闆對這位搜括所有物品的顧客露出僵硬的笑容時，沿著大道露天擺攤的一角出現騷動。

葵娜把買來的東西一個個丟進道具箱裡並四處張望，視線也捕捉到騷動的中心。

如果與她無關，她會丟著不管，但引起騷動的攤販擺出的商品是佛像時就另當別論了。

靠近一看，背上揹著弓箭的精靈男性站在攤販前，口沫橫飛地大聲怒罵。

周遭的人站遠遠地看著這場騷動。

一半是感到相當困擾的攤販老闆，另一半是好奇的湊熱鬧群眾。

「你是得到誰的允許拿高等精靈大人的名號出來用！這可是在侮辱我們精靈族啊！」

那個精靈男性手指的就是掛在攤販柱子上的幾個看板。

那邊大大寫著「高等精靈崇敬的神明」或「只有這裡能買到的逸品」等宣傳語。

看見男性感同身受般憤怒，遊戲時代「精靈族崇敬高等精靈族」的設定似乎也在這個世界扎根。

「我們這是有確實得到允許……」

「別說謊！高等精靈大人們都住在鄉里的深處，根本不可能到外界來！」

不管艾利涅的商人同事說什麼，男性都聽不進去。

同在攤位的實習生早已發現葵娜，不斷用眼神求救。

（這絕對是很麻煩的場面耶。）

『這也沒辦法啊。』

連奇奇也斬斷葵娜的退路，她只好放棄抵抗，靠近那個不停高聲抱怨的精靈男性。

「欸？」

「妳這傢伙幹嘛！無關的人閃……呃！」

葵娜從背後喊他，接著精準地對著轉過頭的男人施展【威嚇】、【魔眼】、【恐懼】等【主動技能（Active skill）】。

太可憐了，因為等級天差地別，精靈男性睜大眼睛全身僵直。

葵娜撩起頭髮，展現自己可說是高等精靈族象徵的短尖耳後問：

「這些東西是我做出來的，允許他們如此宣傳的也是我，你有意見嗎？」

精靈男性眼睛睜到極限，嘴巴一張一闔，感覺有點不對勁。

不僅臉色越來越白，保持立正姿勢一動也不動，一句話也不說。

在旁湊熱鬧的群眾也和葵娜一起歪頭感到不解，她此時終於發現異狀了。

「……你該不會無法呼吸吧？」

「啊……！」

發現自己闖禍的葵娜連忙解除所有【主動技能】，精靈男性癱軟在地面劇烈咳嗽。

原因就在葵娜發動的【魔眼】與【恐懼】。

【魔眼】有昏厥的效果，說是昏厥，其實和失去意識差不多。

【恐懼】能夠麻痺對方。這兩個技能效果結合後才讓精靈男性出現呼吸困難的狀況。

吸飽新鮮空氣終於得以復活的他知道葵娜是高等精靈後，可憐地縮成一團。

「非、非常抱歉！我竟然做出這等丟盡高等精靈大人面子的行為！我什麼懲罰都願意承受！」

「啊～～嗯，那下次要注意喔，好嗎？」

聽到這句話後，精靈男性雙膝跪地，狂磕了幾十次頭後逃也似的離開現場。

這是個「只是想讓他安靜一下」的葵娜被認定為壞人的場面。

無法忍耐旁觀者針刺般的視線的葵娜只好放棄繼續買東西，回去旅店。

「小姑娘，妳是買了什麼東西回來啊……？」

雖然在市場大量採購，但占空間的東西全放在道具箱裡。

葵娜帶著疲憊不堪的表情，抱著好幾袋東西回到旅店，正在飲酒作樂的傭兵們迎接她回來。

「你們又在喝了啊？」

「當然，進入城鎮後不太需要護衛，除了當班的人之外，只能這樣放鬆了啦～～」

阿比塔大言不慚說出這種粗暴言論，在他身後的副團長可是額冒青筋。

葵娜從那張夜叉般的臉別開視線，把買來的東西放在桌上。

其中也有明顯不該從紙袋中拿出來的東西。

但喝了酒後不拘小節的阿比塔等人完全沒發現哪裡奇怪。

「看到很多感覺能用上的材料，可能有點買太多了吧。」

「喔，我來看看……露許果實、蛋、羊奶和砂糖？妳是要做菜嗎？」
「還有什麼東西的骨頭耶，這是要用在哪啊？」
「我想做派或是蛋糕之類的。大家幹嘛那種反應啊，什麼天崩地裂的表情啦！」
不僅阿比塔，肯尼斯以下的傭兵也睜大眼睛無言以對。
葵娜大聲抗議這過分的反應。
阿比塔和肯尼斯兩人還用眼神對話：「因為就是那樣吧？」「就是說啊。」
旅行期間從未看見葵娜負責做菜，他們以為她肯定是料理白痴。
葵娜本身確實沒做過菜，所以這大概不算錯。
「欸！那你們等一下！我待會就讓你們嚇破膽！」
葵娜收起買來的材料，走上二樓回自己房間，阿比塔等人一臉不可思議地目送她離去。
他們還以為葵娜要向旅店借廚房，完全不知道她回自己房間的意義。
但還不到十分鐘，葵娜下樓時手上已經拿著飄散香甜氣味，奢侈地用上大量紅色露許果實做出的派。
「呃，超快！」
「這什麼啊！也太快了吧！」
「喔～～呵呵呵呵！親身體認我的實力吧，那麼，請用！」
向被香氣引來的老闆娘借刀子，切分給在場的所有人食用。

旅店的老闆和老闆娘當然也有份。

大家戒慎恐懼地放進口中，對這清爽的口味睜大眼，全吃個一乾二淨。

「好吃！」

「葵娜小姐，這太好吃了！」

「對吧～～對吧～～呵呵呵。」

「喂，這是怎麼做出來的啊！」

「……唔唔唔唔，濕潤的香甜加上軟硬適中的派皮柔軟的露許果實也沒有變形爽脆的口感又帶給舌尖另一種口感這雙重共奏竄上鼻腔……」

沒過多久，旅店老闆便讚不絕口地開始高談闊論。

就連阿比塔等人也對老闆的巨大轉變倒退三尺。

里亞德錄遊戲中用【料理技能】做出來的食物，能在有限的短暫時間內出現輔助效果，所以被當成增強數值的道具。

但再怎樣也沒辦法保證味道好壞，葵娜在遊戲裡吃的時候也只有「好像派的味道」，她幾乎是虛張聲勢，所以看到大家的反應也鬆了一口氣。

連做菜的本人也對竟然能完成如此美味的東西嚇一大跳。

派類料理可以增強魔法威力。

露許派有提升百分之三的效果。

就算是葵娜吃，也只會增加三十三傷害值。

據艾利涅表示，派是常見的家庭料理，但蛋糕類是王公貴族讓專屬廚師做的東西，少有人知道。

接著，葵娜試著做了用類似草莓，名叫「利莓」的果實做蛋糕。

蛋糕獲得全員讚不絕口的超高評價，轉眼間全進了大家的肚子裡。

旅店老闆想問葵娜食譜，但葵娜是用技能製作，雖然知道材料，卻不知道詳細的製作過程。

葵娜也不認為可以透過製作卷軸傳授技能給一般人。

最擔心的點在於使用大量砂糖，計算單價後就會成為一切片幾枚銀幣的超高價商品。

葵娜對旅店老闆說明後，老闆也表示「這應該不可能有人買」放棄繼續追問。

據梅梅表示，葵娜利用【製作卷軸】做出來的東西不是「讀物」，而是「理解之物」。

這兩者間的差距非常大，難以期待這個時代的人們可以理解。

結果就在大家的慫恿之下，葵娜利用食譜做出一個又一個的甜點。

團員與商隊同伴在聽到消息後全聚集起來，等所有人都吃飽，跟海豹一樣四處橫躺時，葵娜大量採購的材料也剩不到一半了。

「葵娜閣下，這能賣呢。」

嘴邊沾滿白色奶油的艾利涅如此提議。

「這很容易壞掉，沒辦法露天擺攤，而且也沒有保冷設備啊……」

就算沒有保冷設備，收在道具箱裡或是當場做應該就能維持鮮度吧。

但此時就要擔心「在人前使用技能」這件事。

會有人樂意吃下不知從哪冒出來的東西嗎？

會有人能接納材料在眼前被奇怪的球或是漩渦吞掉的狀況嗎？

如果把這世界的人與玩家同等看待，就會產生嚴重誤解，所以葵娜對販售蛋糕持否定態度。

葵娜又再次出門去買材料。

她想順便確認能不能做肉類料理或魚類料理，所以全逛了一圈，又是滿手東西回旅店。

隔天，葵娜卯起勁做出只有活動時會做的雙層蛋糕。

如果拿在手上，蛋糕可能會因為堺屋店面的混亂而擠爛，所以葵娜把蛋糕收進道具箱後才前往堺屋。

問題在於沒預約是否有人理她，但似乎是杞人憂天。

前幾天和艾利涅談生意，被稱作小老闆的精靈青年似乎是凱利克的兒子，一看見葵娜就立刻帶她進屋內。

青年帶葵娜到跟上次相同的房間後，還搞不清楚狀況就要去找凱利克。

「曾外祖母，請您在此稍等一下，我立刻去找父親過來。」

「啊啊，嗯。（是……是曾孫啊～～）」

這種年紀就能遇到看見曾孫這種罕見的事，或許可說是奇蹟吧。

與其說奇蹟，或許更像遭逢事故。正當葵娜開始認真煩惱時，不知從何處傳來「你說什麼～～！」的驚叫聲。

接著，宅邸裡頭傳出乒乒乓乓的跑步聲，房門被用力打開，精靈俊美男子凱利克現身。

凱利克慌張地不停喘氣，一看見葵娜後立刻睜大眼，突然平伏跪地。

「咦？那個～～凱利克……先生？」

「非常不好意思啊啊啊啊！」

葵娜根本無從插嘴，凱利克道了歉，額頭貼在地板上靜靜忍耐著。

他這「除了剛剛那一句話，其他全都是藉口」的態度，讓葵娜用力嘆一口氣。

葵娜滿臉笑容，雙手扠腰看著抖個不停、緩緩抬起頭窺探的孫子。

「總之你先別跪了，在椅子上坐下！」

「是、是是是、是的！」

凱利克跳起身坐在桌子對面的位子上後，葵娜也放鬆肩膀。

似乎做好心理準備要接受什麼不得了的「懲罰」的凱利克，窺探著搖頭嘆氣的外祖母的臉色。

「那個，總之先說聲對不起啦。」

「……咦？咦咦？呃，那個『就算是親人也毫不客氣碎……』」

「誰會做那種事啦！是梅梅對吧？是梅梅告訴你們的吧？」

葵娜反過來大罵對老實道歉的外祖母的態度存疑的凱利克，看見孫子倒吸一口氣戰戰兢兢地點頭，她的背後便出現不停旋轉的暗黑雲系漩渦。

「那個笨女兒，到底要怎麼補償我……對了，凱利克。」

「是、是的！」

「你會用【心電感應】對吧？可以幫我傳訊給梅梅嗎？」

「好好好、好的！內、內容、要寫些什麼呢……？」

「你替我問她，她是要選鐵處女（Iron maiden）、斷頭台、露天葬、活埋（打西瓜），還是要全身著火（火不倒翁）。」

外祖母說這句話時的眼神是認真的。

幾天後，凱利克邊發抖邊對姊姊凱利娜這麼說。

順帶一提，聽說梅梅沒有回信。

用笑容和幾句話總算安撫好恐懼的凱利克後，葵娜從道具箱裡拿出蛋糕。

好不容易冷靜下來的凱利克看見眼前出現巨大的香甜之物，又立刻朝外祖母低頭。

葵娜接受他的道歉，並解釋自己對什麼不悅。
「身為販售商品給所有人的商人統帥，我這發言太令自己蒙羞了，真的很不好意思，外祖母。」
「算了啦，不用道歉了，不成熟地生氣的我也有錯。」
與其說幾經波瀾，原因幾乎全出在葵娜亂遷怒上。
葵娜也對兩人終於能正常對話鬆了一口氣。
凱利克看見外祖母沒有不滿的放鬆笑容後，也要傭人端茶上來。
蛋糕只留下自己的份，其他要傭人撤下去。蛋糕需要兩個人搬也讓葵娜嚇一跳。
葵娜吃了自己做的蛋糕後，滿足地點點頭說：「嗯，不錯。」
凱利克跟著吃一口後睜大眼睛，接著迅速清空。
「你跟阿比塔先生他們一模一樣，有這麼罕見嗎？」
「不，我有在派對上吃過，但還是第一次吃到這麼好吃的，嗯～～……」
「你別和艾利涅先生一樣說『這能賣』啊，我沒心情時可不會做。」
「這樣啊，太遺憾了。」
接著又普通閒聊了一陣子。
葵娜簡單說明自己從離開隱居生活到現在發生的事情。
「外祖母因為這樣才成為冒險者嗎？」

「我兩百年前也當過啊。但我沒想到七國竟然會消失得無影無蹤，就在煩惱著『該怎麼辦呢～～』的時候，現在照顧我的商隊告訴我很多事情，所以我在艾利涅先生面前可是抬不起頭呢。」

拋棄過去的名聲，以一介冒險者身分生活相當有趣。

理解外祖母抱持這種主義後，凱利克決定放棄見到時想拜託葵娜的事情。

凱利克搖搖頭重新思考，看見外祖母不懷好意的笑容，便坐立難安。

「怎、怎麼了嗎？外祖母……」

「你臉上寫著『真希望外祖母可以去擊退盜賊』耶，猜錯了嗎？」

「是的，正如您所說。但外祖母看起來似乎不太想做這種費時費力的工作，我還是放棄比較好。」

「你直覺真準，其實我也不是不想做，只是害怕那之後其他人的反應。你想想，要是傳出『連騎士團也陷入苦戰的盜賊，卻被一個小姑娘殲滅』的謠言，我就要再回去隱居了。還是為了封口滅掉一個國家比較好呢？」

「您、您是在開玩笑吧？」

凱利克看著外祖母帶著惡作劇表情用沉重的聲音低喃，不禁倒吞一口氣。

在外祖母收起銳利眼神認真地回答「開玩笑的啦」後，凱利克放心地鬆了口氣。

正因為她有說到做到的實力，聽起來一點也不像開玩笑，這真是有夠擾人。

「我換個話題，聽艾利涅先生說這個國家裡有個叫『月牙之城』的地方，然後去冒險者公會查了所在地啊～～？」

「咦、啊啊，那雖然也算是這個國家的觀光資源，但現在在盜賊的勢力範圍內。」

凱利克拿出比冒險者公會更詳細的地圖，做了比在公會聽到的更加詳盡的說明。

走過王都南方的水源、湖沼地帶後，再越過兩座橋，就有一個騎士團的駐紮營地。

據說是在那往南邊設下邊界，好不容易才阻擋北上的勢力。

接著從那邊往南騎馬兩天，再步行一天後就會抵達該座城堡。

「這樣喔～～問題的城堡（據點）在更南方啊。既然到那邊都在勢力範圍內，你知道那座城堡是什麼東西嗎？」

「那個～～外祖母，那座城堡怎麼了嗎？」

「那看起來很像是『守護者之塔』耶～～」

「您說什麼～～！」

凱利克想起小時候梅梅說過的神話般的事情，嚇一大跳。

傳說是神明遠古前賜下的支撐這個世界的十三座基盤。

裡面有至寶沉睡，但只有被選上的人才能進入的神祕之塔。

凱利克一口氣把一般廣傳的謠言也全說出口。

這嚴重錯誤的資訊讓葵娜也不禁傻眼。

耗時兩百年的傳言遊戲成果真是太恐怖了。

「得在被破壞之前喚醒裡面的守護者加強防禦才行。明天就動身吧～～」

「呃，但是外祖母，騎士團的駐紮營地就在正前方耶。」

「沒問題啦，穿過去的手段多的是。」

「但是城堡周圍應該也有盜賊啊……」

「啊啊，那可真麻煩。要是擋路就請他們閃開也沒問題吧，如果盜賊往後退，你們就能用海路運送貨物吧？」

葵娜這麼一說才讓凱利克恍然大悟。

他確實忽略這一點，只要那附近的盜賊消失，就能從列入紅色警戒區的漁村派船前往費爾斯凱洛。

雖然葵娜沒有打算擊退盜賊，但如果只是要恢復通商，她願意幫點忙。

葵娜都這麼說了，凱利克也能幫上忙。

「我明白了。我記得姊姊今天有任務到那邊去，我請她安排一下，別妨礙一介冒險者前進。」

「哎呀？聞名天下的堺屋竟然出手幫忙一介冒險者，這可以嗎？」

「沒有問題，因為這位冒險者可是擔負從我們這邊搬運補給物資到騎士團駐紮地的重要任務。」

「呵呵呵，堺屋，你也挺壞的嘛。」

「沒有沒有，我可贏不過外祖母啊。」

「呵呵呵呵呵呵……………」

「哈哈哈哈哈哈……………」

聽說端來新茶的傭人被門那頭傳出來的恐怖笑聲雙重奏嚇得逃跑了。

第二章

魔像、玩家、超越者的職責和守護者之塔

停留黑魯修沛盧的第四天早晨。

葵娜對艾利涅等人說她會離開兩到三天。

「有委託嗎？」

「嗯，運送物資到騎士團的駐紮營地，從凱利克那裡拿來的。」

「這樣啊，我想應該不需要擔心葵娜閣下啦，但還請萬事小心。然後，你們似乎順利和好了，這可是讓我們放心了。」

「啊、啊哈哈哈……給你添了莫大麻煩，真的很不好意思。」

艾利涅放下心中大石般鬆了一大口氣，葵娜只能回以乾笑。

再怎麼說，這都是黑魯修沛盧第一大商店的商人和對費爾斯凱洛有超凡影響力的冒險者失和啊。

對艾利涅來說，兩人在他面前因為不知名的理由關係破裂時，他都快嚇死了。

聽到最擔心的事情圓滿解決，自然會出現這種感想。

「除非什麼大事，要不然應該難不倒小姑娘，但凡事還是小心為上啊。」

「回程還需要靠葵娜閣下，所以路上請小心。」

「好，艾利涅先生、阿比塔先生，謝謝你們。」

在大家歡送下，葵娜朝西門前進。

凱利克說會在一大早為她備好馬車。

就算一半是為了有個正當理由，但凱利克真的是要葵娜運送物資。

抵達西門後，門外有守門衛兵，與幾輛來往附近漁村和這邊的商人們的馬車等著。

因為有盜賊，漁村的居民們全外出避難，王都的魚貨商品也減少了。

且聽說村民們也沒辦法進入王都，只能在城牆外相互依偎生活。

只要待在城牆附近，有魔物或野獸靠近時，士兵也會幫忙趕跑，即使如此還是很危險。

雖然不是受正義感驅使，但聽說這件事後，葵娜也開始認真思考擊退盜賊了。

一輛小型的簡易幌馬車就混在西門外的馬車當中。

矮矮胖胖的驢子拉著車，感覺就像一台小推車。

堺屋的小老闆——凱利克的兒子伊澤克就站在一旁等待。

視線對上後，他立刻深深一鞠躬迎接葵娜。

「曾外祖母，非常不好意思，這麼一大早就勞煩您……」

「也沒那麼早啦，太陽都升起來了，我還以為你們會嫌我太晚咧。」

從太陽的位置來看，現在大概早上七點。

在旅行期間，這是大家吃完早餐已經出發的時間，所以已經夠晚了。

「不，是父親提出為難要求要勞煩曾外祖母，這點小事請讓我們向您道謝。這一次真的非常感謝您接受委託。」

「完全沒人想接這個工作啊……」

「現在沒人知道途中會發生什麼事情，只要和堺屋、騎士團扯上關係，大家全退縮了，我們也很苦惱。」

感覺出苦笑的小老闆到底有多辛苦，葵娜不禁摸摸他的頭。

伊澤克只從凱利克口中聽過關於葵娜的簡介，所以萬分惶恐地縮起身子。

「嗯，由外人的我來說可能有點怪，但你可以在偶爾失敗也不會影響下一個工作的情況下，稍微放鬆點工作吧。你看，在你之上還有可以負責的人啊，對吧？」

「啊、這個……這有點困難耶。」

「那麼，我出發嘍。」

「好的，萬事拜託您了。」

在守門衛兵與伊澤克目送下，葵娜握著驢子的韁繩，沿著下坡從王都往南前進。

受過良好訓練的驢子就算不施展【馴獸】(Beast master)技能，也懂葵娜想幹嘛。

牠配合葵娜的步行速度，慢條斯理地跟著走。

下坡走一小時後，大概是濕地和湖泊較多，眼前開始起霧。

但霧沒濃到看不見前方道路，只要不走偏，也不會掉進水裡吧。

走到幾乎都是平坦路上後回頭一看，只勉強還能看見王都城牆了。

一步一步往前進的葵娜陷入沉思。

（這樣走下去要兩天啊～～但走直線距離應該會更快吧。）

心動到付諸行動不過十秒的時間。

腳邊瞬間出現召喚用魔法陣，一隻巨大的紅色螃蟹從中現身。

光蟹殼橫寬就長達八公尺。

左右各四隻，共有八隻人類手臂粗的腳。

能輕易將大人身體一刀兩斷的巨大蟹螯左右各兩隻，共四隻。

這是名為貝拉特坎薩的螃蟹魔獸，等級約一百八十，主要棲息於河川等地。

在遊戲時代，這是出現在現今艾吉得大河附近，新手以上還不到中級者程度的獵物。

還以為驢子會逃跑或是因為恐懼躁動，沒想到牠只叫了一聲，相當穩重。

「貝拉特，載我們走一段路吧。」

被召喚出來後一動也不動，只有嘴邊吹泡泡的貝拉特坎薩聽完葵娜的命令後，突出的複眼上下轉動表示收到。

葵娜找了個蟹殼上剛剛好的尖刺固定好貨車車輪。

接著施展效果範圍僅直徑五公尺的【領域】魔法。

這個魔法可以張開一個結界，即使在爬山途中遇見凹凸不平的坑洞，或是在隨狂浪載浮載沉的船上也能舒適度過。

除去每十分鐘就要消耗一次ＭＰ和範圍狹窄這兩點，是很適合用在這種時候的魔法。
即使在滿是尖刺坐起來毫不舒適的蟹殼上，也覺得像平坦的地板一樣。
葵娜讓卸下貨車的驢子和她靠在一起坐下，指示貝拉特坎薩前進方向。
路線就是地圖上的一直線，途中雖然有湖泊、河川，但對這魔獸來說完全不成問題。
葵娜命令一下，貝拉特坎薩不是橫著走，而是直直朝前方邁進。
不走街道，走起伏多的湖水地帶，就算有人目擊牠巨大的身體也不太會引起騷動吧。

「……外祖母，凱利克確實對我說過您要運送補給物資過來這裡，希望我可以安排讓您自由行動。『今天』才收到他的【心電感應】，早上才從王都出發的您為什麼能在傍晚前抵達呢？我方便詢問您其中理由嗎？」
目的地騎士團駐紮營地就位於狹窄山谷裡，被山崖包圍的地形上。
看見山崖上也有哨兵，可以看出他們是在山谷建造柵欄，利用自然地形做出防衛。
而平常只有檢查站的街道則變成了對抗盜賊用的防禦線。
北側有幾棟簡易住宅，那是總部與指揮官用的宿舍。
一般士兵似乎是住在大型的住宿用帳篷裡。
葵娜在離開黑魯修沛盧西門當天的傍晚左右就抵達這裡了。
原本步行需要花上兩天的路程，整整縮短了二十八小時。

別說事前已收到凱利克聯繫的凱利娜，連知道補給物資預計抵達時間的其他騎士們也嚇一大跳來迎接葵娜。

騎士團的傭僕們負責把行李卸下來，也負責照顧驢子。

而葵娜則是被駐紮地的實質負責人，也就是凱利娜，帶到名為客房的偵訊室裡逼問。

凱利娜和她的副官——一位貓人族男性，就站在葵娜面前。

「我想說你們期待補給快到才趕路過來的耶，這樣對我也太過分了。」

「不是的，外祖母，我並沒有在責怪您……」

「隊長，請問您和這位冒險者認識嗎？」

「啊，她是我的親外祖母。雖然是這樣，普通對待她就好了。」

「…………祖……！」

副官眼睛睜得老大。

他來回看著外表還很稚嫩、不滿二十歲的高等精靈，與表情無比認真的指揮官。

葵娜心想：「啊～～又來了～～」但也覺得她和凱利娜看起來像姊妹。

當然從旁人來看，凱利娜是姊姊，而葵娜是妹妹。

凱利娜刻意清喉嚨掩飾害臊，打斷這個話題，再次手扠腰詢問葵娜理由。

「真拿妳沒辦法～～」葵娜苦笑著，老實說出從王都到這邊的路程。

「召喚出魔獸，然後把牠當交通工具？」

「就是這樣。」

這對玩家來說是極為理所當然的行為，但完全顛覆現在一般常識，讓副官驚聲大喊。

他們根本沒聽過有誰可以召喚出魔獸還隨心所欲操控。

看見有人在面前大剌剌地扯謊，副官露出看見可疑人物的表情。

「妳在這裡撒的謊，將會傷害妳身為冒險者的經歷喔。」

「哎呀？」

葵娜露出意外的驚訝表情。

說起騎士，葵娜只見過費爾斯凱洛那些逞威風，遇到有權者就退縮的騎士，這個擔心她經歷的騎士讓她很有好感。

一臉嚴肅的副官在凱利娜眼神示意下，心不甘情不願地往後退。

「雖然是這樣說，希望您別照著凱利克的期望自由行動。」

「啊，果然如此？」

聽到這標準答案，葵娜心想：不管到哪裡，公務員作風就是官僚啊。

正當葵娜聽到預料中的回答，打算轉為採取強行闖關的行動時，外頭突然傳來騷動。

一大群人奔跑的聲音；怒吼般大聲指示，相當混亂。

當凱利娜等人警戒心外露時，一個士兵連門也沒敲就直接開門衝進來。

他連調整呼吸的時間也沒有，單手放在胸口行禮後迅速報告：

「報告！遇襲！數量為九！敵人應該是岩石魔像！」

「你說什麼！要所有人做好迎戰準備！」

凱利娜一聲令下，士兵立刻往右轉身衝出房間。

副官跟著士兵迅速走出去，他那內側是紅色的斗篷也隨之翻動。

凱利娜要走出房間前，又再次回頭指著葵娜說：

「外祖母請在這邊乖乖待著，可以嗎？」

「欸～～該怎麼辦才好呢～～」

葵娜明顯在演戲的態度，看著遠方歪頭。

凱利娜看著她的舉止苦笑，只留下一句「要是受傷了我可不管喔」後離開房間。

『不去幫忙嗎？』

「真的是該怎麼辦才好呢？」

葵娜手靠在椅背上，聽到奇奇的提問後，用力往後仰看著天花板。

抵達這裡時，葵娜對騎士與士兵使用【調查】確認過，她還記得狀況根本慘不忍睹。

就葵娜來看，可以稱上戰力的大概只有凱利娜一個。

就連那個副官也遠遠不及阿比塔，只能算絆腳石。

其他騎士等級低到她都不忍目視。

如果是那樣，她能推測直接帶火炎長槍傭兵團來還比較有用。
雖然可以趁遇襲的此時突破防線，但這樣很像對孫女見死不救，事後感覺肯定很糟。
這每分每秒傳來如過去戰爭時的氛圍，葵娜感到相當懷念，站起身。

染上傍晚橘紅暮色的草原上，有九個影子腳步沉重地朝防線前進。
這九個東西中，有一個體型比其他巨大。
如果說其他八個與人等大，那一個大概有騎兵大吧。
可以確認離魔像一段距離的後方有好幾個騎兵。
因應最先從哨兵那裡得到的資訊，駐紮營地內的動向也出現改變。
凱利娜等人登上高台後，朝哨兵指示的方向發出悶哼。
雖然腳步不穩，但有九個人形物確實一步一步朝這邊靠近。
除了龍人族之外，找不到其他身高超過兩公尺的種族。
但那東西的外型完全不像龍人。
只是拿石頭、岩塊隨便組成人類的外型，一般被稱為岩石魔像。
九個魔像中有八個和人類超不多大小，剩下那一個比其他高出兩個頭以上。
凱利娜冷靜分析後，小心不讓部下聽見，偷偷咂嘴。
理由有幾個，一個是從騎士們的力量來看，壓倒性不利。

第二是如果沒有鐵鎚或錘矛等鈍器，就沒辦法造成致命性打擊。

即使如此，身為一個騎士，身為替國家工作的人，也不能說出「對我們不利，撤退吧」這種話。

就算對這種部下極可能受重傷的情況感到焦急，她還是得下命令。

「不能讓它們繼續前進！弓箭手！射箭！」

在高台上準備的弓箭手一起射出箭。

威力極高的十字弓射出的箭直直發射出去。

飛火箭從拉緊的大弓上以拋物線射出。

大概是在此的士兵技術都很好，箭有八成都射進石頭與岩塊的縫隙，或是直接命中岩石魔像的臉。

但只是命中而已。

十字弓的箭伴隨著「鏘！」的鈍聲彈開。

飛火箭從表面往下滑，只燒掉一部分草原。

騎士們紛紛怒喊：「可惡！」岩石魔像仍不畏懼地繼續往前進。

魔像在那之後也承受了會讓一個人變成刺蝟的大量箭的攻擊，但它們沒有停下腳步。

簡易搭建的駐紮地柵欄，對岩石魔像來說就跟紙張沒兩樣。

「隊長！讓我們上吧！」

「沒錯！我們不能讓那個再往前進了！」
血氣方剛的部下們爭先恐後地建議。
凱利娜也理解部下們的意思。雖然明白，但她也不認為己方有辦法贏過那種東西。
但是，確實沒有時間了。
要是讓岩石魔像侵入駐紮營地，別說士兵，連與戰鬥無關的人員也會受害。
「全員拔劍！別讓它們繼續往前！」
「「「喔喔喔喔喔喔喔喔！」」」
凱利娜下定決心後拔劍，部下騎士也一一效仿她，朝天高高舉起劍。
大量拔劍聲震響橘紅空氣，各自為了鼓舞自己的吼聲響徹雲霄。
「為了黑魯修沛盧而戰！」
「不允許那些傢伙亂來！」
「勝利屬於我們！」
「將此劍獻給隊長！」
「啊！你這傢伙太卑鄙了吧！」
「先搶先贏啦！」
「我也要我也要！」
後半開始胡鬧應該是為了振奮心情吧。

「大家，別掉以輕心！突擊吧啊啊啊啊啊！」

副官一聲令下，騎士們大聲吼叫，集體朝岩石魔像衝上去。

因為營地大小限制，這裡所屬的騎士只有不到二十人。

所以會變成兩個人攻擊一個魔像吧。

一開始響徹戰場的，是金屬與岩石撞擊後彈開的空虛尖銳敲擊聲。

不管是刺擊還是砍擊都只有火花四散，劍根本不可能傷石頭、岩塊分毫。

岩石魔像沉重的拳頭打不到動作迅速的騎士，只劃過虛空，雙方根本沒給對方帶來多少損傷。

但此時趨於劣勢的，是不想讓對方繼續前進的騎士團。

岩石魔像即使遭鋼劍鏘聲作響地攻擊，仍沒有停下腳步，步步逼近防線。

「得快點做些什麼」的焦慮感奪走騎士們的從容。

一個焦急的騎士朝眼睛發出紅光的臉猛力一刺。

巨大金屬撞擊聲響起，刺穿空洞中發出紅光的眼睛。

……看起來是這樣。

劍只是刺穿空洞，對沒有痛覺的岩石魔像來說，根本不痛不癢。

反而是以為攻擊奏效而停下動作的騎士成了上好的攻擊目標。

當頭重擊打凹騎士的頭盔，將他的身體打在地面上。

騎士根本來不及慘叫便直接昏倒，接著被柱子般的粗壯大腳踢飛。

騎士像破娃娃在空中飛了十幾公尺，虛軟無力的身體砸落地面後仍往前滾了好幾圈。

附近的同事慌慌張張跑過去，騎士胸前的鎧甲早已破爛。

同事揹著幾乎斷氣的騎士脫離戰線。

中途也不斷大聲喊他，但有一下沒一下的呼吸聲中聽不見回應。

「可惡！」

一個人倒下後打亂騎士團相互合作的陣腳，剛剛那股英勇氛圍蕩然無存。

凱利娜和副官兩個人一起攻擊最大的岩石魔像，好不容易才打壞一隻腳，阻止它繼續前進。

這才終於有能力確認周圍，但那已經是在又有兩個部下成拋物線飛出去之後的事了。

魔像想乘勝追擊，抬起腳朝著飛出去的兩個人走過去。

「隊長！請您等等！」

凱利娜不顧副官阻擋，朝岩石魔像的行進方向飛過去，在高揭的劍上注入魔力。

周遭的騎士們看見凱利娜身上散發紅色魔力，紛紛發出讚嘆。

下一個瞬間，填充滿紅色魔力的劍轉變為燃起火焰的大劍。

凱利娜隨著「喝呀～～～～～～～～！」的爆裂氣勢用力揮劍，解放劍中的力量。

【武器技能（Weapon skill）：火炎衝擊（Fire blade）】。

半圓形的紅色斬擊一直線劃破空氣，朝岩石魔像胸口刺入。

擊中的同時引發大爆炸，翻了個跟斗的岩石魔像倒下，也引起地鳴。

「「「喔喔喔喔喔喔！」」」

「真不愧是隊長！」

「看見沒？你們這些死岩石人偶！」

騎士們齊聲歡呼、勇猛高喊中，凱利娜喘著氣、頭冒豆大汗水，用劍強撐住自己身體。

「隊長！」

「不，我沒事，只是還是沒辦法啊……」

才剛倒下的岩石魔像，慢慢在低語的凱利娜與副官面前站起身。

另一個大型岩石魔像壞掉的膝蓋也再生了。

我方人數減少，敵方卻四肢健全、毫無損傷。

騎士們睜大眼睛露出錯愕表情。正當凱利娜想著非撤退不可時，有個聲音不慌不忙地從背後響起。

「不錯不錯，無師自通能到這種程度可真不簡單呢～～」

【戰鬥技能（Weapon skill）：聚合雷擊斬（Zamzer blade）】。

彎月狀的雷光迅速從凱利娜身邊飛過。

下一個瞬間，眼前的威脅從右肩到左腰一刀兩斷。

看見岩石魔像從被切開的部位開始崩解，騎士們也停下動作。

原本的威脅變成了單純的石頭與岩塊，散落地面。

凱利娜不可置信地回頭看，正巧看見葵娜踢開滾落腳邊的石頭。

葵娜右手拿著劈啪作響地放電的雷擊短劍。

騎士們看見突然闖入的人物，和被打敗的岩石魔像拉開距離，警戒葵娜。

「教育得挺不錯的嘛。」

葵娜根本不在意朝她舉起的十幾把劍，朝天高揭閃耀金色光芒的短劍。

【魔法技能（Magic skill）：砲爆雷擊（Zan ga boa）：ready set】。

短劍施放出的雷擊在葵娜身邊形成八個人頭大小的放電球體。

劃破空氣的黃色閃電逐漸膨脹為金色雷擊球。

雷擊球在葵娜頭上旋轉舞動，如唱歌般、如跳舞般，彷彿擁有生命。

葵娜手指岩石魔像，輕喊一聲「上吧」，雷擊球便旋轉著往高空上升。

葵娜像拿指揮棒一般揮下雷擊短劍，雷擊球施放出雷柱攻擊岩石魔像。

巨大聲響讓在場所有人嚇到手上的劍都掉了。

光線燒灼視線、震動搖晃身體、轟聲炸破耳膜。

雷擊如斧頭般將岩石魔像一分為二，在那之後，豎立的雷柱把構築出身體的石頭、岩塊燒得灰飛煙滅。

在最近距離承受爆聲的騎士們摀著耳朵一段時間，呆呆看著這一幕。

威脅他們性命的東西就這樣只靠一人之力，輕而易舉地消失無蹤。

低喃著「到底，發生什麼……」的騎士們在凱利娜高聲一呼下，才慢慢開始行動。

慌慌張張跑去救助同事，卻看見因為岩石魔像攻擊而命危的同伴們一臉安詳地沉睡，他們都嚇傻了。

「啊啊，我已經治好那些人了。」

葵娜手擺在嘴邊露出惡作劇的笑容，騎士們朝葵娜投以狐疑的眼神。

完全無法想像是在短時間內完全治癒的完美手法，讓騎士們不知該擺出什麼表情才好。

「外祖母，謝謝您救了我的部下。」

凱利娜搖搖晃晃地站起身，手擺在胸前簡單行禮。

葵娜眼神溫柔地看著她，把雷擊短劍收回劍鞘中，摸摸因為低頭而拉近距離的凱利娜的臉。

「妳把【炎擊(Fireball)】纏繞在劍上後直接攻擊對吧，想法不錯，但不只這段時間什麼也不能做，這方法太耗魔力，會後繼無力，大概是這樣吧？」

「真的非常羞愧。」

葵娜輕而易舉看穿凱利娜最終手段的構造，這讓副官無比驚訝地看著她。

而且毫無負擔使出高上兩三級的技能，副官可從來沒聽說過有這樣一位靈活運用高密度魔法還不當一回事的魔術師。

葵娜笑著應付他的視線。她瞥了一眼啞口無言的副官後，看著岩石魔像來時的方向。

「就快要天黑了呢～～」

橘紅天空只剩下樹林那頭一小片，凱利娜等人頭上已是深藍夜幕。

「你們可以把這個功勞攬在自己身上喔。要不然，還是你們想報告是個小姑娘拯救了差點被殲滅的騎士團呢？」

葵娜坐下來抬頭看著凱利娜，手擺在賊笑不止的嘴邊。

被施捨功勞的屈辱讓凱利娜不甘心地緊咬下唇。

「唔……您有什麼期望？」

「我一開始就說了，我只是希望讓我通過這裡。可以吧？我回程會來把驢子和貨車帶走，這段時間就拜託你們照顧嘍？」

「……請隨意。但是，接下來不管發生什麼事都請自行負責，與騎士團無關。」

「很不湊巧，冒險者基本上都得自己負責，謝謝妳關心。」

葵娜說完想說的話就背對他們走上草原，朝南方前進。

凱利娜默默目送她離開後，放鬆緊張的肩膀，拍拍仍啞口無言的副官的肩膀。

「啊……這、這位冒險者到底是怎樣啊？」

「大概是大陸最強的人物。告訴大家，在這邊看見的事情絕對不能外流。要是被誰知道那位大人的存在可不得了，最糟可能得付出黑魯修沛盧消失的代價。」

「不是吧，怎麼可能……」

從凱利娜口中說出的誇張未來，讓副官及旁邊的騎士們半信半疑。

「記好了，這世上有一擊魔法就能毀掉一個都市的怪物存在。」

凱利娜嚴肅的聲音、認真的眼神表示自己不是開玩笑，讓好幾個人倒吞一口氣。

而且因為親眼看見葵娜實力的一部分，更有說服力。

騎士們手舉在胸口，表示理解凱利娜的警告了。

「然後，派傳令兵去要求補足人手。防禦線維持現狀外，還要派幾個人出去偵察。這是證明我說的話的好機會，你們仔細看，自己去確認那個人通過後還會留下什麼。」

彷彿訴說童話故事裡哪個傳說中的軍團遭蹂躪的口吻，讓騎士們背脊一陣發涼。

副官跑回營地執行凱利娜的指示。

把吃足糧草喝足水的馬匹牽出來，傳令兵拿起寫好的書簡往王都前進。

慎重起見，把被岩石魔像打傷但已經痊癒的騎士們送進帳篷內。

好不容易存活下來的騎士們吃點肉乾和硬黑麵包後，分成留下來防禦與出去偵察的人，開始急忙做準備。

令人意外，證明凱利娜所言不假的機會立刻就到來了。

當深藍夜色轉變為黑色，冷空氣充滿營地之時，那件事發生了。

葵娜前往的南方的天空毫無徵兆地立起了粗大光柱。

每個人都停下手邊動作，嘴巴大張抬頭看著撕裂夜空的光柱。

下一個瞬間，光柱底部出現一個半圓巨蛋形狀的紅色漸層，占據了半個黑夜，照亮黑暗的草原。

還以為樹木在光照下拉出來的長長影子要延伸到營地的下一刻，腳邊傳來細微震動，

「咚轟〜〜〜〜〜！」的聲音響起。

紅色半圓巨蛋的衝擊掩埋在昏暗夜色中，與出現時同樣突然消失。

「可惡的外祖母，以為沒人看到就毫不客氣了吧……」

以前母親曾當床邊故事說給凱利娜聽。

「妳外祖母的魔法，只要一擊就能滅掉整個都市喔。」剛才那就是與之相當的魔法吧。

「那……那那、那個現象，那是人工引起的嗎？」

看著站在身旁的副官說不出話來的表情，凱利娜嚴肅地點頭。

心裡想著：對臉色迅速刷白的他說「她應該還沒使出全力」會不會太殘酷？

凱利娜認為還有餘孽存活的可能性，派遣偵察兵前往探查。

剛剛遭受突襲時，葵娜一直很在意從後方窺探駐紮營地狀況的騎兵。

確認那在葵娜打敗岩石魔像後立刻驚慌逃走後，葵娜讓【風精靈】追上去。

那個騎兵逃進去的野營地距離騎士團的駐紮營地，騎馬不用半天就能抵達，葵娜都不知道該驚訝還是傻眼。

「騎士們的眼睛是瞎了嗎，他們沒有發現嗎？」

『大概是很巧妙地隱藏起來了吧，證據就是，那裡看起來沒有術師。』

看來那個逃進營地的人似乎是盜賊裡的小嘍囉。

葵娜只是隱身暗處窺探狀況，他們用葵娜也聽得見的音量說：「聯絡老大。」還驚叫著：「我可沒聽說那個會那麼簡單就被打敗啊。」

葵娜嫌一一對付太麻煩，便使用影響精神的魔法讓所有盜賊昏倒。

接著用大範圍的火系最高級魔法把整個野營地燒光。

然後在變成湯盤般的撞擊坑中央用土魔法挖洞，把盜賊們埋進去，只留頭露出地面。

葵娜會這樣處理，是預想凱利娜看到這個誇張魔法後應該會派偵察兵出來。

也覺得就算問這些小嘍囉也得不到什麼重要資訊。

葵娜順便用【召喚魔法：龍】(Summon magic)召喚出三頭褐龍。

召喚強度只設定等級二，所以出現的褐龍只有大型犬的大小。

褐龍是黃土色的地屬性龍，外型酷似恐龍的甲龍。

在七種龍當中，和藍龍同樣不會飛行。

不過，只看防禦力與物理性力量，牠是七種龍中數值最高的。
葵娜讓其中兩頭褐龍先往前進，在夜路中一逕朝南方前進。
一頭在葵娜前面，一邊回頭張望一邊毫不鬆懈地警戒周遭。
葵娜跟在牠後面，思考剛剛那些岩石魔像。
「嗯～～剛剛那些岩石魔像的等級很奇怪……奇奇？」
『八具是等級43，只有一具是等級１７２。』
「如果是這樣，那人的【召喚魔法】強度限制就是等級一乘以八，等級四乘以一，總計十二，數字剛剛好呢。嗯～～也就是說，除了我以外還有其他玩家嘍？」
『照官方設定來看，矮人、精靈、魔人族、高等精靈這些種族，經過兩百年應該都還活著。』
【召喚魔法】有一定的法則。
如果召喚同一種族，上限就是九隻，而且召喚強度總計要等於十二才行。
魔獸和動物也有屬性，這和屬性密切相關。
與五行思想類似。
里亞德錄中是地、水、火、風的四行加上闇、光兩行，另外還有特例的金。
召喚地系魔獸時就不能召喚風系魔獸。
如果同時召喚出水系和火系魔獸，那火系魔獸自動會比水系魔獸弱。

如果同時召喚出光系與闇系魔獸，就會因為互相排斥而失控等等。

而這次的岩石魔像可說完全吻合這個法則。

至少法則得以成立就證明了召喚者是玩家。

也就是說，表示盜賊的頭頭是中等級的玩家。

就奇奇判斷，推測是等級４３０前後的某個人。

「難怪這麼難纏，別說凱利娜了，連斯卡魯格他們也不是對手啊。」

這就能理解騎士團為什麼如此輕易被擊潰了。

更大的疑問是，在營運商撤離的世界中，玩家到底是怎麼混進來的……

葵娜不認為她這樣的意外會四處發生。

更進一步說，也出現了營運商是否還能對這個世界有影響力的疑問。

只能確定這類事情真要算起來，數也數不盡。

「不管怎樣，我們沒有資訊，只能遇見本人時再問了～～」

夜也深了，葵娜把先行派遣出去的褐龍叫回來。

之所以讓牠們先走，是為了找出製作岩石魔像的術師。

因為野營地裡只有小嘍囉，葵娜認為術師應該製作完岩石魔像後立刻離開野營地了。

因此，葵娜才讓褐龍沿著街道追蹤，但她猜錯了。

葵娜判斷晚上無法再繼續探索下去，決定在這裡過夜。

把龍留著，準備讓牠們在最沒有防備的睡覺時間守衛

還有對付色狼用的手環，最重要的是，只要有奇奇在，他會在發現周遭異狀時立刻通知葵娜。

葵娜不會在遊戲中露宿野外，而且她也沒有被當成搞笑道具看待的帳篷。

葵娜召喚出小型火精靈，身上纏繞火炎的猴子盤坐在地上當營火用。

葵娜用斗篷和毛毯裹住自己做出簡易睡袋，把其中一隻褐龍當枕頭放鬆身體。

沒多久，睡魔就找上門了。

隔天早晨。神清氣爽地醒來的葵娜伸了個大懶腰，對周遭的狀況苦笑。

這是因為兩頭褐龍就聚在葵娜當枕頭睡的褐龍身邊。

原本睡在地上的葵娜因為褐龍全聚集過來，把她推到像基座或祭壇的龍背上睡覺。

對自己施展【清潔】魔法洗掉髒汙，全身清爽後利用【料理技能】做出三明治當早餐。

買蛋糕材料時，也買了蔬菜、肉和麵包，只要有這些，隨時都能吃到溫熱料理，真是幸運。

接著把毛毯收進道具箱中，葵娜轉換心情繼續朝南方移動。

離黑魯修沛盧王都越遠，周邊的景色也從水藍漸漸轉變為綠色地帶。

湖泊及溼地慢慢減少，草原與荒地逐漸增加。

因為一路都是平坦地形，要是有盜賊也容易發現，但反過來表示葵娜也容易被發現。

葵娜十分理解這點，她也不繞路就直直往前走，終於看見前方出現似乎是人造物的建築物了。

正如同艾利涅所說，就立在湖泊中央的小島上。

應該就是他所說的「美麗城堡」，在冒險者公會聽到的「月牙之城」。

但那是個從外表可以感受到厚重莊嚴感的城堡。

給人一種不知何時在網路看見的某處宮殿的強烈印象。

先不管那個宮殿還是城堡，問題在徘徊於湖泊前的這些傢伙。

湖邊有幾艘手划船，一群散發「現在就要去搶奪宮殿」氛圍的粗暴傢伙聚集在那裡。

這個集團肯定就是最近讓黑魯修沛盧頭大的盜賊。

葵娜能在毫無遮蔽物的草原上發現他們，對方當然也發現葵娜了。

聽得到「敵人突襲～～！」這句話，理所當然也能聽見之後的「快去告訴老大～～！」、「不過只是個小姑娘啊」、「我們出手打敗也行吧」等發言。

『無知還真是恐怖呢。』

葵娜腦袋中響起奇奇傻眼的聲音。

如果奇奇有人類外型，想必正聳肩搖頭表示無可救藥吧。

葵娜拜託還跟在身邊的三頭褐龍去擊退盜賊。

三重奏大叫「吼啊～～！」的褐龍因為有工作可做而感到開心，朝盜賊展開攻擊。

盜賊們以為只有狗的大小、身上穿著鎧甲的褐龍只是狼魔獸的亞種吧。

持弓者射箭，但被褐龍體表彈開。

雖然外表粗獷但體型不大，任誰都會輕視，以為對方比自己弱小吧。

褐龍只有三頭，盜賊可是超過二十人。

但就算小也是龍種，而且褐龍是單體就有等級220的強者。

盜賊被一開始就沒減速直衝過去的褐龍蹂躪。

被頭撞擊的人伴隨骨頭斷裂的聲音彈飛十幾公尺。

被帶有突起物的尾巴輕輕掃到，身體便折成く字，無法動彈。

被褐龍口中吹出的黃沙包圍身體後，一瞬間硬化，立刻做出沙雕像。

才沒幾分鐘，盜賊們便成為一堆倒地呻吟的裝飾品。

小嘍囉就交給褐龍對付，葵娜面對不知藏身在哪，突然現身的全身鎧甲者。

肩膀和膝蓋有著尖銳裝飾品，身穿藍色全身鎧甲的來者似乎正凝視著葵娜。

「我的部下們好像受妳關照了啊。」

「不用付我教育費啦。」

即使用【調查】確認數值，也只看見他的等級。

和從他製作的岩石魔像推測出來的數字沒差太多，對方的等級是432。

葵娜也知道之所以無法判別其他事項，是因為他身上裝備的鎧甲。
把伸展雙翼的藍龍當頭盔使用的裝備就只有那個。
知道攻略將往肉搏戰發展，葵娜感到無比厭煩。
從頭盔旁伸出的黑角也是原因之一。
還有，從音色判斷，對手令人意外地年輕。
至少和葵娜差不多年紀，甚至比葵娜小。
「妳看起來似乎是冒險者，來這邊幹嘛？把我的部下搞得跟爛抹布一樣，妳不覺得太過分了嗎？」
「什麼？……你不也派岩石魔像去攻擊騎士團的駐紮營地嗎！」
「啊？噢，那個沒關係啦，又不是我下手的。」
「什麼？」
這腦子有問題的發言讓葵娜瞇細眼睛。
至少他還覺得當屬下看待的盜賊們的生命很重要。
但同時，他也不覺得把騎士團打得落花流水有什麼大不了。
也就是說，他想表示「那是岩石魔像下的手，自己頂多『下命令』而已」嗎？
這不負責任的發言讓葵娜懷疑自己聽錯了。
這傢伙該不會以為自己現在還待在遊戲中吧？

「這裡雖然是里亞德錄，但和里亞德錄又不同喔。」

「妳是在說什麼莫名其妙的話啊？反正GM(遊戲管理員)不在，想獵殺玩家也能要殺就殺，等級也狂上升，再開心不過。」

葵娜從他的言行來看，發現他只是個沒有面對現實的孩子。

外表乍看之下是青年，內心卻是缺乏倫理觀念的孩子。

真要說起來，葵娜也不覺得自己是大人，但想逮捕他的心情完全消失了。

「這裡是現實，可不是憑一個小孩的任性就能決定生死的世界。」

「妳在說什麼啦，這裡是遊戲吧，想打倒誰提升等級是我的自由吧。」

葵娜抽出當耳環掛在耳朵上的如意棒。

在手中轉了一圈後，瞬間變成長達兩公尺的長棒。

同時，葵娜也啟動了所有戰鬥用的【主動技能】。

其中包含一般人靠近就會喪失所有能力的凶惡效果招式，有十二種威嚇、施壓、輔助攻擊、輔助防禦、增加傷害值、減少被害值等等，加重葵娜的存在感。

「就讓我來糾正你的錯誤認知吧，這裡是現實世界。」

「妳別說蠢話了，我都說這裡是遊戲了吧。妳才該改善一下自己的作業系統如何呢？」

對手拔出背上的大劍。

縱向分成兩半的劍身上長著獠牙，劍自己高聲叫著：「嘎、嘎嘎嘎！」

這個搞笑武器叫「餓狼之劍（小心被咬）」，一般武器碰上它，兩相交戰時就會被啃碎。

他身上的鎧甲應該是完全不受魔法效果影響的霸王鎧甲（唬你的魔王）。

在持有這些東西的狀況下，根本就是在宣傳「我就是玩家」啊。

「妳別以為能贏過玩家，不知死活的傢伙。」

「我直接把這句話還給你。」

因為預料之外的邂逅，開始這場貫徹自己主義的戰鬥。

戰鬥開始的訊號是尖聲金屬音。

餓狼之劍和如意棒激烈碰撞後擦出火花。

「嘖！」

盜賊頭目一咂嘴，迅速遠離短兵相接之地。

葵娜揮動手邊的如意棒，毫不鬆懈地試探頭目的動向。

頭目睜大眼，來回看著自己的武器和葵娜的武器。

「怎麼可能……竟然無法被餓狼之劍（這傢伙）破壞……」

「很可惜，餓狼之劍的特殊效果雖然是破壞武器，但罕見武器和獨特武器並不包含在其中，你見識太少了喔。」

「嘖，妳也是玩家啊！」

「你也太遲鈍了吧，從剛剛開始我就說了一大堆只有玩家知道的事耶，耳聾了嗎？」

頭目從葵娜遊刃有餘且吊兒郎當的語氣中發現自己被瞧不起，往餓狼之劍灌注魔力。

刀身上的獠牙咬牙發出「喀嘰喀嘰」一聲，餓狼之劍把注入的魔力轉換成藍色光芒。

頭目朝天高舉餓狼之劍，揮動著劍畫出藍色的八字軌跡。

葵娜也不是平白無故或太瘋狂才得到技能大師這個稱號。

從他的預備動作，早已得知他打算施展什麼攻擊。

葵娜同樣窺探著時機，朝如意棒注入魔力。

如意棒將轉換過後的黃土色魔力在尖端做出箭頭形狀，閃耀光輝。

【戰鬥技能：大劍特化：葬絕暴風(Destruct hurricane)！】

混雜藍光線條的暴風遮掩住頭目，左右搖擺著做出一個巨大龍捲風。

風轉變為銳利刀刃劃破空氣，刻削大地朝葵娜逼近。

葵娜確認後，將閃耀黃土色光芒的如意棒垂直插入地面。

【戰鬥技能：強臂槌擊(Cracking earth)！】

下一秒，在龍捲風中心無風處的頭目腳邊出現大洞，連同暴風一起跌入呈碗狀裂開的地面。

「嗚哇啊!噠噠、哇噠噗！」

「噗！」

聽見他沒出息的慘叫聲和撞到某物的聲音，葵娜笑了出來。

中途解除的龍捲風消失得無影無蹤，四腳朝天的頭目就卡在碗狀洞穴中。

頭目雙手雙腳爬著想逃出洞穴，才探出頭就被葵娜精準地從旁揍了一拳。

鏘——！

藍色的頭，不對，是藍色頭盔隨著金屬聲飛上天空。

沾滿泥沙的藍色鎧甲頸部以上有個淺黑色、太陽穴長角的頭部。

這是遊戲內的均衡型種族，魔人族。

這個種族擁有全方位的人族強化過後的數值，還被封測玩家稱為破壞型性能。

雖然很多人一開始都選這個種族，但實在太難操控，所以玩家人數也越來越少。

最後變成繼高等精靈之後，第二不受寵的種族。

優點是擁有人族近兩倍的數值，但魔人族身邊的環境有太多缺點了。

像是只能隸屬黑國、會被其他國家的ＮＰＣ瞧不起、討厭。

在商店買東西時價錢會翻倍，或是根本沒人願意賣。

甚至連非主動攻擊魔物（只要不攻擊牠，牠就不會反擊的敵人）都會糾纏他們。

如果同等級，對高等精靈葵娜來說就是最糟糕的對手。

高等精靈等級４３２就算加成50，只要是近身戰，能力值幾乎相近甚至同等。

但看起來他的劍術相當拙劣，只要不掉以輕心應該也不會輸。

雖然葵娜也隸屬於黑國，但她並沒有認識所有人。

然而態度壞成這樣，起碼會聽到什麼傳聞吧。

看他是葵娜不認識的搞笑武器愛好者，或許是葵娜死後才加入的玩家。

「可惡！我根本沒聽說過這種技能，而且妳這傢伙！從剛剛開始就隱藏自己的數值，這也太不公平了吧！」

（唔哇啊……）

『是小孩啊……』

維持警戒狀態傻眼的葵娜，和白眼不知翻了幾輪的奇奇。

惱羞成怒的魔人族把劍丟在地上，怒氣外露。

「跳過基本教學不看的人都會說相同的話耶。遇到等級比自己高的人，是看不見詳細數值的。」

「妳說什麼！妳這種傢伙的等級怎麼可能比我高！」

葵娜旋轉著如意棒彈開邊抱怨邊朝她攻擊的頭目的劍，接著往他胸口猛力一擊。

霸王鎧甲只能讓魔法攻擊失效，但物理防禦力與同等的鐵鎧甲沒差多少。

葵娜同時施放單手持有的雷擊低等魔法。

貼著地面前進後往上彈跳，本該只往對方身體前進的雷擊，在打到鎧甲前不自然地彈開消失。

魔人族看見這一幕，一臉理所當然地嘲笑葵娜：

「哈！魔法攻擊對霸王鎧甲無效，知道厲害了吧，妳這傢伙！」

「那種事老早就知道了！雖然在遊戲中沒有用，但在現實（這裡）可非如此啊。」

如意棒前端朝著魔人族，發揮它獨特武器真正的價值。

「伸長吧！」聽從主人（葵娜）的命令，如意棒瞬間無限伸長。

魔人族因這意料外的現象停下動作，如意棒刺中他的胸口，把他的身體用力往後彈飛。

「啥啊！唔嘎啊！」

「如意金箍棒，一萬三千五百斤，你可知道？」

葵娜摸摸手邊，如意棒回到原本長度。她轉動如意棒，確認魔人族掉回剛剛那個碗狀洞穴裡。

接著朝洞穴擊出水攻擊魔法。

【魔法技能：突穿怒濤（Water ragga）】。

在原本的遊戲裡，空氣中滲出的水分會在術師頭上做出一個巨大的水球。

但在這裡，身邊就有大量的水源。

從湖面上升的水柱在空中劃出拋物線，灌注在掉進洞穴裡的魔人身上。

似乎聽見快要（噗咕噗咕）溺水的慘叫聲。他大概是在喊：「明明魔法無效，為什麼啦～～！」

葵娜才不管他，立刻連續發射出數枚魔法。

【魔法技能：招雷激射（Zan ragga）】。

雷電如長槍般從晴空落下，避開在水裡載浮載沉翻白眼的魔人，直接射進水中。

和刺眼的黃色放電現象一起「嘩啦嘩啦」地濺出水花，泡在水中的魔人劇烈抽搐。

觸電的魔人翻著白眼，癱軟的身體逐漸朝洞穴深處下沉。

他的鎧甲本來就很重，想穿著鎧甲游泳也很困難。

他的HP已進入紅色區域，再一擊就會升天了吧。

葵娜細心地把洞穴中的水冰凍，讓他的下半身在冰塊裡。

確認他無法動彈後，如意棒朝他額頭敲下。

魔人像隻被壓爛的青蛙，大叫「唔嘎！」後醒過來，確認自己的狀況之後，驚訝地睜大眼。

「可惡！妳幹嘛！很痛耶！」

「很痛對吧？你為什麼無法理解這是真實的痛呢？」

在遊戲中就算會痛，也只是表面刺麻的程度而已。

若不是有特別癖好，應該不會有人想解除限制，體會百分之百的痛楚吧。

魔人玩家在差點溺斃、觸電全身痙攣，感受著寒冷與凍傷，痛覺都想驚聲尖叫的此時，才終於白了一張臉。

現在才對面無表情地俯視他的葵娜發抖、恐懼。

接著吞吞吐吐地開始找藉口。

「騙、騙人……這、這是遊戲吧……就算死了，也可……可以重來，才、對吧……」

「死了就沒了。沒辦法繼續玩下去，沒有餘命，也沒有重來鍵，請節哀。」

「怎、怎麼可能……救、救救我啊！我、我還只是小孩子耶！妳要是殺了小孩，會被警察……！」

「這裡才沒有警察，因果報應，自己得為自己做的事情負責啊，知道嗎？你知道你身為盜賊的頭目，帶給多少人困擾嗎？」

連自己也覺得傻眼的冷淡聲音讓葵娜感到空虛。

魔人族玩家開始一把眼淚一把鼻涕。

「窸窣……嗚嗚嗚，救、救我，救我啦，嗚哇啊嗚嗚……嗚哇啊啊啊啊啊！」

葵娜低語著「再見」，舉高如意棒。

下一個瞬間，葵娜遵從【直覺】迅速閃開。

因為有飛箭射入葵娜所在位置和魔人玩家之間。

「奇奇！你為什麼沒警告我！」

『因為這個攻擊不會造成任何傷害啊。』

葵娜慌慌張張轉過頭去，幾個奔馳的騎兵闖進她的視野。

葵娜還以為是自己花太多時間，盜賊的援兵出現了，但看見領頭的是凱利娜後，表露出警戒。

大概判斷拿著武器保持警戒的葵娜很危險，凱利娜讓同事留在原地，單獨下馬。

站在葵娜的射程距離外（雖然如意棒的射程無限）跪地低下頭。

「外祖母，非常不好意思，這些人是我的同事，可以請您解除警戒嗎？」

「騎士有什麼事？我現在正好要給這傢伙最後一擊耶……」

回答這個問題的人不是凱利娜，而是從她後面走過來的有著濃密鬍鬚、相當具威嚴的人類騎士。

「很不好意思，希望妳能將罪人交給黑魯修沛盧審判。」

因為他鎧甲上的紋章和其他人不同，推測應該是騎士團團長。

但他這什麼也不明白的發言讓葵娜皺起眉頭。

「認真？你們以為自己能壓制住這傢伙嗎？那個凱利娜連這傢伙的腳邊也搆不著耶。」

周遭的騎士們驚訝地看著凱利娜。

騎士團長也看著她，用視線詢問：「真的嗎？」

「因為沒實際交戰過，我也不清楚對方實力……但外祖母都這麼說了，肯定沒錯吧。」

葵娜對「老實承認的凱利娜怎麼會只是個隊長」感到不可思議，但也沒時間同情。

魔人族有專屬技能【常時技能（Passive skill）：常時恢復HP（Regeneration）】，所以得在他恢復到能活動前斬首。

看見葵娜再次舉高如意棒，周遭的騎士們全變了臉色，一起拔劍。

一觸即發的氣氛中，只有魔人族抽抽搭搭的哭泣聲響起。

葵娜考慮優先順序後，判斷現在還沒有對國家做什麼的必要，便把如意棒縮小變回右耳耳環。

凱利娜對此鬆了一口氣。

因為她知道要是葵娜認真起來，就算是人稱菁英的這些人，她也能如扭斷嬰孩手臂般輕易殲滅。

騎士團所屬的魔法師融化冰塊，把頭目從洞穴裡拉出來。

葵娜從道具箱中拿出黑環，根本不理會騎士團的恫嚇，朝魔人走去，牢牢銬在他的脖子上。

下一秒，魔人身上的裝備解除收回他的道具箱中，霸王鎧甲也消失了。

變成一身黑色緊身衣裝扮的他呆滯地低頭看自己的身體，確認自己浮在半空中的數值後，嚇得下巴都掉了。

因為他看見裝備欄的脖子部分顯示【懲罰項圈】，自己的數值與等級因此降到原本的一成。

「妳、妳有這個項圈，就代表……妳、妳、妳這傢伙～～～！」

「很遺憾，你在這邊喪命可能還比較幸福吧。看來你理解等級差距了，真是太好了？」

【懲罰項圈】是使用在違規或行為過頭的玩家身上的警告道具。

能夠使用這項道具的，只有遊戲管理者和通過超越者任務的二十四個突破極限者而已。

其實這個任務當中也包含人格診斷測試，如果無法過關就不能通過超越者任務。

突破極限者擔負輔助人數不足的遊戲管理者的任務，從營運商口中聽到他們的意圖時，所有人都傻眼了。

【懲罰項圈】是強制裝備品，只有遊戲管理者和突破極限者可以拆下。

效果是將數值與等級降到十分之一。

只不過被套上第二個項圈時，就會被判斷為行為有問題的警戒人物，帳號會被刪得一乾二淨。

至此，他終於理解葵娜是何等人物了。

遊戲管理者是沒有等級，類似ＮＰＣ的存在，所以很容易判別；突破極限者就不同了。就是無從判斷到底普不普通的玩家。

「這樣一來，你們應該也能壓制他了吧。但要是大意，可是會失荊州喔。」

「我明白了，我會牢記在心。外祖母，非常感謝您。」

魔人一臉呆愣地被帶走。

順帶一提，四處倒下的盜賊們也被逮捕塞進牢籠馬車當中。

騎士團長似乎說了什麼，但在凱利娜反駁後只好心不甘情不願地點點頭，跨上馬離去。

大概是想把葵娜當成證人帶走之類的吧，而這被凱利娜阻止了。

「把魔人交給他們到底是好還是不好……這也只有神知道了吧？」

葵娜回顧自己的行動後，嘆口氣感到沮喪。

接著為了達成當初的目的，她從道具箱中拿出守護者之戒。

果不其然，戒指閃閃發出綠光。

葵娜不帶感情、幾乎放棄地吟唱固定的關鍵句。

但戒指只是發光，一片寂靜。

就在葵娜不解為什麼毫無反應時，她腳邊的地面消失，掉進一個黑洞般的洞穴裡。

「！這是什麼啊……」

驚聲尖叫的葵娜不知何時感覺到地面的堅硬觸感後，用力吐了一口氣，環顧周遭後一句話也說不出口。

映入眼簾的是個廢墟。

像染成整片淡綠色的神殿，地板大理石滿是裂縫，粗壯花崗石柱或斷或倒，只有幾根還好好立著。

雖然日正當中，卻因為隔著一層綠色薄膜，給人褪色的過去榮華的印象。

太陽下正面有王座，上面有個頭蓋骨。

葵娜小心不踩到四處散落的骨頭走近，手放在頭蓋骨上注入一點ＭＰ。

看見沒任何反應後，她將目標轉移到王座上，原本與周遭景色染成相同色彩的王座瞬間變成天鵝絨坐墊與金色框架。

同時，頭蓋骨喀噠作響地浮起來，骨頭從四面八方飛過來。

全部組合完成後，成為一個頭頂王冠的骷髏。

不知從哪飛來的天鵝絨斗篷固定在尺骨附近。

「啊，原來這個是守護者啊？」

葵娜說著「原來如此」點點頭，骷髏在她面前拿出不知從哪來的羽毛扇子。

「啪」地甩開扇子後遮掩嘴邊，左手扠腰。

『真虧妳來到如此偏僻的地方呢。哼！無可奈何，我就歡迎妳。對此感到光榮吧。』

「……喂……」

盛氣凌人的言行趕走了葵娜直到剛才的戰鬥後的疲憊感，她皺起了眉頭。

她的表情彷彿在說：「有哪個怪咖會用這種守護者啊？」

「我是技能大師No.3，高等精靈族的葵娜。這裡是誰的塔？」

『啊啊，原來是主人的同伴啊。那也沒辦法，就讓我大發慈悲告訴妳吧！這座樓塔的管理者是奧普歌德修特荷馬·庫洛斯泰德彭巴大人。妳明……咦、哎呀？』

葵娜一聽見名字，當場無力地趴倒在地。

就連骷髏也猶豫著到底該不該喊她。
葵娜趴在地面顫抖了一會兒，搖搖頭站起身。
但她仍帶著類似放棄的表情。
「原來是奧普斯啊……唉……那就能理解為什麼會這麼詭異了。」
『妳說誰詭異啊！誰！妳上哪找像我這般釋放出高貴氣質的骨架啊。』
不管怎麼想都只想得出「骨頭」、「骷髏」、「骨骼標本」、「理科教室之怪」等單字，但感覺要是吐槽這點就輸了。
奧普歌德修特荷馬．庫洛斯泰德彭巴，簡稱奧普斯，是少數的魔人族玩家，同時是技能大師No.13。
原本是第十四號，但當時第十三號玩家因為神經衰弱離開遊戲，所以他才會往前遞補為十三號。
他是封測時代就認識的孽緣舊識，還屬於同一個公會，會好好跟他說話的人也只有葵娜和公會同伴了。
他是個貫徹高傲態度，喜歡惡作劇，相當古怪的人物。
用一句話說就是笨蛋，再加上一句就是怪咖。
要是不管他，他不是永無止盡說下去，就是炫耀自己無謂的雜學知識，開始接受電波訊號，是個超級天才。

而在戰爭中，他的戰略知識也無人能出其右，其他國家的人甚至稱他為「里亞德錄的孔明」。

有一次靠著奧普斯的指示，包含葵娜在內，僅僅四個等級１０００的玩家就戰勝了紫國與黃國。

雖然奧普斯仰頭高笑，但葵娜還記得他們其他人被他操到魔法都用到極限，累得全身癱軟。

而且對葵娜來說，他是損友，同時也是良師。

沒辦法自己看書也不能用電腦的葵娜能獲得那麼多知識，全多虧在遊戲中認識奧普斯。

一想到再也聽不到奧普斯的多嘴，葵娜胸口湧起一股感傷。

『真是的，別突然在別人的樓塔中失魂落魄啊，真令人不愉快！』

這個自稱骨架的守護者對靜靜地獨自意志消沉的葵娜抱怨。

語尾帶著擔心的語氣。

同時，她把一本紅色外皮的書和戒指遞給葵娜。

「……咦？」

『我的主人相信妳一定會來這裡，所以把這些託付給我。拿去，滿懷感激地收下吧。』

「謝、謝謝……」

葵娜困惑地接下書和戒指，抱著輕鬆的心情翻開書。

接著立刻闔上。上一秒的放心表情已從葵娜臉上消失。

看見她的模樣，感到疑惑的骷髏問她：

『怎麼了嗎？』

「……我也不知道該怎麼說才好……」

葵娜聲音顫抖著回答骷髏，再次翻開書。

翻開封面後，一般來說應該是內封、扉頁，但這是一個有書本外型的完全不同之物。

打開後有個盒子狀的凹洞，裡面躺著一個小小的少女。

身長大約二十公分。

頭髮是淡綠色，明亮藍眼大大睜開，注視著葵娜。

穿著輕薄飄逸的連身裙，背上長著四片淡綠色透明翅膀。

盯著葵娜看了一段時間的少女大概是妖精之類的東西吧。

雖然她和葵娜對上眼也毫不畏懼，站起身後踢了一下盒底飛上空中。

『妳就這樣打開書在幹嘛啊？』

骨架守護者盯著葵娜的手邊看，感到相當不可思議。

看來她（？）似乎看不見妖精。

這個妖精雙手交握在胸前擺出祈禱的姿勢後，對著葵娜淡淡微笑。

葵娜感覺腦海隱約浮現記憶中某個人的笑容，內心顫了一下。

妖精輕飄飄地飛到葵娜身邊，在她臉頰上一吻後坐在她的右肩上。

「妳是誰？」

『……？』

葵娜試著詢問，妖精只是微笑著輕輕搖頭。

是要她現在別問嗎？還是她也不知道自己是誰呢？

雖然不知道是哪個解釋，但這是奧普斯交給葵娜的東西。

往後肯定會搞清楚她是為了什麼來到葵娜身邊。

葵娜煩惱著要拿裝妖精的書怎麼辦，又想著或許能在哪派上用場，便收進道具箱中。

骨架守護者看著心情稍微變好似乎冷靜下來的葵娜，用羽毛扇子遮住自己的臉。

『哼、哼，妳終於有張好表情了。真是的，真希望妳別用那張令人生厭的表情在我主人的樓塔晃來晃去。然後主人交代，這裡道具箱裡的東西隨妳高興，自由取用。』

大概是說完想說的話了，骨架守護者優雅地在王座旁站定。

那裡應該是她原本的固定位置吧。

既然轉讓給葵娜了，她也確認了一下樓塔道具箱內的東西，她沒有的植物類與礦物類的材料一應俱全。

幾乎沒有武器或護具，全是實用類的東西，這點真有那傢伙的風格，讓葵娜有點開心。

雖然守護者很奇怪，但她和損友一樣，會用奇怪的方法關心人這點讓葵娜深有好感，葵娜把剩下的ＭＰ幾乎全注入王座中。

「那麼，我就先回去了。如果ＭＰ快沒了，妳就聯繫No.３或是No.９的樓塔守護者，要不然就用戒指叫我。」

『咦？喔喔，那、那真是沒有辦法了。妳姑且算是我的代理主人，如果有個萬一就麻煩妳了。』

葵娜對著看向他處回答的骨架守護者輕輕揮手後，讓她送自己出樓塔。

外頭再度來到接近傍晚的時刻。

「我不覺得自己在裡面待那麼久耶。」

『妳看見妖精後失神了很長一段時間，大概是因為那樣吧？』

聽奇奇這麼一說，葵娜看向自己右肩，妖精就坐在肩上晃動雙腳。

她一和葵娜對上視線，立刻綻放花朵般的笑容。

「最先的目標就是得能和這孩子溝通才行啊。」

想知道奧普斯的去向就必須問這個妖精，但關鍵的她卻只會微笑，一句話也不說。

『就讓我們有耐心點吧。』

「說的也是。」

因為沒有線索，感覺會花上很長時間，葵娜現在已經累到想嘆氣了。

在此，在葵娜移轉到塔內時留在原地的三頭褐龍聚集上前。

葵娜為了讓牠們可以長時間現身而注入了大量的ＭＰ，所以現在還能動。

雖然ＭＰ逐漸恢復，但為了做好萬全準備，葵娜決定在湖畔待上一晚。

燃起營火，利用技能做點輕食吃飽飽。

看著三頭褐龍滾來滾去一起玩耍的樣子療癒身心，轉過頭看背後。

今晚不是月牙夜，所以這座宮殿型樓塔沒有發光。

只不過圍繞在樓塔旁的湖水淡淡發光，湖光照射下，宮殿型樓塔仍在暗夜中主張著自己的輪廓。

「這就是奧普斯的樓塔啊……雖然第一次看到，這哪是『惡意與殺意之館』啊……」

葵娜唸著這令人畏懼的名稱，臉頰抽搐。

她覺得白天那些盜賊沒走進宮殿裡或許比較好。

就連那個頭目，只要走進裡面應該也會確實喪命。

「惡意與殺意之館」是奧普斯管理的樓塔的惡名。

理由是館內塞進滿滿的致死性陷阱。

舉例來說，門前放著切結書，旁邊的看板上寫著「來訪者請在死刑執行書上簽名」。

只要大意靠近，就會有無數四邊磨得跟剃刀刀刃一樣利的鐵板切結書飛出來，將來訪者的身體切成碎片。

舉例來說，門上有個獅頭雕像叼著門環，假設來訪者想用那個敲門——獅頭就會把拿起門環的手拉進口中，牢牢固定住來訪者的手。

接著，銳利的斷頭台刀刃就會從大門和門扇前的縫隙落下，斬斷來訪者的手臂。

葵娜曾經從製作者奧普斯口中聽過，樓塔裡到處都是這類惡毒的陷阱。

牆壁、地板、柱子、扶手，甚至是家具、花瓶裡的鮮花都是要殺死來訪者的必死陷阱。

「真不知道自願跑進去的人在想什麼」——這在遊戲中相當有名。

另一種意義的瘋子玩家，還會很自豪地在討論版上說自己是怎麼死的呢。

總之，這個守護者之塔就是有這類傳言的建築物。

哎呀，就算哪個感興趣的傢伙接近，只要看了入口的看板就知道這裡有多危險了吧。

葵娜也沒義務要連遲鈍沒發現的人一起擔心。

葵娜盯著宮殿型樓塔一段時間後，決定要睡覺了。

小心不壓扁妖精，裹好毛毯躺下來。

邊想著要是能夢到那個令人生恨的損友就好了，閉上眼睛。

第三章

橋、洗衣、公主和獵熊

葵娜在奧普斯的守護者之塔前度過一晚後，回到騎士團駐紮營地領回驢子和貨車，準備回黑魯修沛盧。

把畏懼葵娜的騎士們置於視野外，感謝凱利娜幫忙看顧物品。

回程也利用脫離常識的方法在街道上橫衝直撞，或許會留下新的都市傳說。

葵娜回到黑魯修沛盧後立刻去找凱利克，凱利克似乎已經收到「逮捕盜賊頭目了」的消息，十分誇張地低下頭向葵娜道謝。

但是尚未掃蕩留在堡壘中的餘孽，所以得在派遣討伐隊確認安全後，西側的外殼通商道路才能通行。

然而從凱利克口中得知，似乎會由黑魯修沛盧和費爾斯凱洛的騎士團共同派出討伐隊。

接著又隔天。

「唔～～唔～～」

「小姑娘，妳幹嘛跟彭思一樣唸個不停啊？」

葵娜煩惱著「那樣真的可以嗎」時，阿比塔以看到奇妙畫面的眼神問她。

順帶一提，彭思是棲息於艾吉得大河裡長得很像鯰魚的常見魚類。

能烤能滷，是家庭料理的好食材。

先把這放一邊，葵娜稍微煩惱著可不可以說，但盜賊被討伐的事情早已開始在城內謠傳，遲早會傳進阿比塔耳中吧。

阿比塔也不會到處亂說，所以葵娜就照實把昨天逮捕頭目的事說出來。

「唔，原來是那樣的傢伙啊？但言行也太像個孩子了吧……我也見過魔人族，但沒聽說過那麼糟糕的耶。」

再怎麼樣都無法說出：「就算外表是青年，卻只是個內在是小孩的玩家。」

「我的朋友裡也有魔人族，但那個人非常高傲，根本無法當參考。」

葵娜把奧普斯拉出來模糊焦點。

現在的里亞德錄世界中，對待魔人族的態度與其他異種族相同，少有明顯歧視的人。

「哎呀，我人也沒在現場，小姑娘都那麼判斷了，那樣就好了吧？」

「咦？但我對把活著的人交給他們有點擔心耶……」

「等等，說起來，小姑娘應該是接受委託去運送物資的吧？就算其中還包含大老闆的期待，我們冒險者是接受委託之後行動，該做判斷的是委託者喔。」

「是……這樣說嗎？」

「不管怎樣，被害狀況都影響到國家了。交給騎士團，讓國家去判斷可沒做錯。我覺得小姑娘把不是妳的煩惱攬上身了。沒委託妳討伐，妳也出手了，要是還被妳殺了，那國家可就面子丟大了。」
雖然不是想商量可能和國家發生衝突，但沒被當面說「妳這樣做有錯」就讓葵娜感覺心裡那根刺被拔掉了。
阿比塔看見葵娜煩惱全消的表情，也跟著笑了。
「阿比塔先生，不好意思，真的很謝謝你聽我說煩惱。」
「喔喔，冒險者前輩的建言也稍微能派上用場，對吧？拿蛋糕來回禮就好了喔。」
「其實你很愛吧？」
阿比塔「哇哈哈」笑著蒙混過去，葵娜也跟著笑。
坐在肩上的妖精原本一臉擔心，但在葵娜心中擔憂解除時，又露出微笑。
葵娜回到黑魯修沛盧後，凱利克也沒對這個妖精說些什麼。
不僅如此，回到旅店之後，阿比塔率領的傭兵團和艾利涅也沒開口問。
看來除了葵娜以外，看得見妖精的只有奇奇。
詢問奇奇，奇奇一副了解奧普斯的口吻回答：『如果是那傢伙，能做到這樣或許也不奇怪。』
葵娜反問，奇奇便保持沉默，所以似乎別期待會有明確的答案比較好。
總之，手上的材料要做蛋糕有點不夠，葵娜正打算去市場補貨時，從外面回來的團員叫住她。

「葵娜妹妹啊，有人找妳喔。」

「咦，誰？」

團員朝背後一指，身穿鎧甲的凱利娜就站在那裡。

「凱利娜……」

「外祖母……」

「啊～～如果有什麼重要的事要說，到房裡說比較好吧？」

阿比塔看著雙方唸出彼此的稱呼後一動也不動，便如此提議。

「首先，請您收下這個。」

因為凱利娜有很多事要說，葵娜選擇走出旅店到外面說。

在遠離人潮洶湧的大道的寧靜住宅區一角，凱利娜拿出小袋子給葵娜。

葵娜接下後，往有點重的袋子裡一看，裡面裝著無數枚銀幣。

「這是什麼？是凱利克昨天說過幾天要給我的酬勞嗎？」

就「表面上是運送補給物資，實際上是奪回盜賊統治的區域」這個委託來看，似乎太多了。

合計大概有兩枚金幣這麼多吧。

「我聽說是冒險者公會委託的總金額。愚弟似乎隱瞞外祖母的名字，以類似『善良的第三者』這種說法說服了所有商人。多虧如此，感謝不具名的冒險者的商人們還跑去舉杯慶祝呢。」

「呃，竟然有這種事，那我還是別靠近酒館好。」

要是撞見舉杯慶祝的場面，葵娜覺得自己應該會害羞到臉燒起來吧。

回想起占據布告欄的委託有三成是「拜託請解決盜賊問題」，葵娜露出困惑的表情。

看見外祖母一臉「這個酬勞不會太多了嗎？」的表情，凱利娜被逗樂了，忍不住要噴笑出來。

「外祖母實際上就是做了這樣一件大事。國家也提到要頒發感謝狀，我們好不容易才阻止他們。我想外祖母應該不想因此出名。」

「那真是太感謝妳了。我還想妳要是突然拿個召喚狀給我該怎麼辦才好呢。」

「只不過，我有對國王、宰相與騎士團團長說了外祖母的事情。我有說您是超討厭有權者，且和守護者之塔有關的人，所以我想除非有什麼大事，他們應該不會來糾纏外祖母，不過還是請您多加注意。」

「嗯，我知道了。」

這個國家有很多精靈，知道往事的人絕對會把關於守護者之塔的事流傳下來。

葵娜聽說奇怪的故事蔓延開來，想到在這附近的是奧普斯便確定那個傳言幾乎是真的。

傳言——城堡會變成馬車模樣到處亂跑。

傳言——真正的鬼魂會喊著「去拿的東西是雞肉」亂跑進別人家裡。

傳言——滿月之夜，魔像和龍會拿棍棒朝圓筒狀的樹木敲個不停。

這全是會讓聽到傳言的人頭痛的內容。

「話說，前幾天抓到的魔人怎樣了？」

「關進戒備森嚴的地牢了。聽守衛說，他似乎呆呆的一動也不動。外祖母替他戴上的項圈有什麼意義嗎？不管怎樣都拆不下來耶。」

「我想，那個除了我以外應該只有一個人能拆下來。要是拆掉，魔人應該可以把一座城炸飛。」

雖然還不確定，如果奧普斯還在這裡，那他也和葵娜擁有相同權限。

「我明白了，我會交代所有人。」

「還有一點要注意，雖然靠項圈把那傢伙的能力降到十分之一，但我沒辦法連他的道具箱都加以干涉。他可能擁有低等也能使用的爆破類道具，我建議最好把他重重綑綁起來。」

「啊，好，我明白了。」

遊戲中使用的道具，不管是武器還是護具都有最低使用等級。

霸王鎧甲要超過等級１５０才能裝備，所以上次一戴上【懲罰項圈】後立刻解除裝備。

而那大概收在他的道具箱裡。

低等就能使用的恢復類道具數量龐大，連葵娜也不知道那個魔人有多少道具。

攻擊類和輔助類道具從最小值到最大值都有，等級二位數就能使用的東西也相當多。

葵娜讓斯卡魯格和梅梅昏過去的炸彈，就是超過等級30就能用的道具。

雖然威力因製作者而有不同，但用在室內就能把小嘍囉一網打盡。

再怎麼說，這種東西也不可能到處都有，但還是提醒凱利娜注意。

魔人也可能有攏絡地牢守衛的迷幻類道具，或許也得考慮利用一瞬間移動到某處的移轉類道具來逃獄的可能性。

只要雙手自由，他就可以從道具箱中拿出來使用，所以最快的方法就是放進桶子裡用水泥固定。

凱利娜認為那種失魂狀態應該不會考慮逃獄等事，所以葵娜決定交給國家處理。

「對了，凱利娜在騎士團裡到底是什麼地位啊？妳應該比騎士團團長還強吧？」

之所以不直說等級，是因為這個時代的人們不知道等級制。

他們大概只知道誰比誰強或是弱。

「我現在在騎士團是隊長職務，但我本來是騎士團的顧問。現在的騎士團團長是我的徒弟。」

「噢，因為盜賊造成的損害太大了，才臨時編入騎士團編制裡啊？」

「原來如此～～」葵娜點點頭。

這樣就能理解一般騎士那種無比敬畏的態度，以及騎士團團長為什麼會乖乖聽從凱利娜指示了。

就葵娜來看，凱利娜是這個國家裡實力最強的人，阿比塔在她之下，而黑魯修沛盧的騎士團團長還遠遠不及阿比塔。

真要說起來，實戰經驗不足造就了騎士團比冒險者弱的狀況。

「騎士團比冒險者還弱這一點，還真是古今皆同呢～～」

「是的，非常羞愧。」

凱利娜十分惶恐地低頭。

葵娜加上一句「我只是為了不造成誤解才會講以前的事情啦」，明白內情的凱利娜也沒特別反駁。

「妳使出的那招火炎劍啊，是妳自創的嗎？」

「讓您見笑了。」

葵娜突然想起凱利娜攻擊岩石魔像時使出的招式，便開口問她。

「很久以前，有冒險者使用了類似的招式，我是參考那個招式編出來的。當然，我參考的那位冒險者的招式威力更強。」

葵娜心想，那很明顯就是玩家吧。

「那應該是【炎擊月華(Ear la dole)】，只要一揮劍就會有複數月牙形刀刃飛出來的招式對吧？」

「是的，沒有錯！就是那一招！既然您知道，就表示您也會嘍！」

「這當然，再怎麼說我也是技能大師耶。」

葵娜驕傲地挺胸表示這根本沒什麼。

坐在她肩上的妖精也擺出相同動作，但凱利娜看不見。

然而當凱利娜十分不好意思地詢問：「可以請您傳授我那一個招式嗎？」她卻沒辦法立刻點頭。

因為就算有血緣關係，葵娜也不認為非玩家的人有辦法使用技能卷軸。

而且身為技能大師，也不能將技能卷軸交給沒有通過樓塔考驗的人。

「如果妳想要技能卷軸，就要通過樓塔的考驗。那可不能隨隨便便就給人。」

「樓塔是指月牙之城嗎……」

「妳千萬不可以踏進去那裡一步！踏進去就等於去赴死啊！不可以隨隨便便拋棄自己的生命！」

「好我明白了我絕對不會去。」

「很好。」

表示月牙之城有多恐怖的葵娜反而更恐怖，凱利娜帶著毫無感情的眼神向葵娜道歉。

兩人又開心閒聊一段時間後，其他騎士來找凱利娜，於是當場解散。

「那麼，外祖母，我就在這裡先告辭了。我想接下來的事情已經越來越明朗，您護衛的商隊生意應該也談得差不多了，今天應該是這回最後一次見面吧。」

「嗯～～那似乎也讓人有點不捨耶。算了，如果有什麼與權力無關，我能辦到的事情，妳隨時都可以透過梅梅來找我喔。」

「從費爾斯凱洛到黑魯修沛盧來嗎？特地長途跋涉到這裡也很辛苦吧。」

「啊，別擔心，我已經把這個王都登錄在【瞬間移動】名單中了，瞬間就可以來去。」

「喔……咦、瞬間移動～～？」

葵娜自然脫口而出的驚人發言讓凱利娜無比後悔，早知道就不問了。

即使知道葵娜是頂尖魔法師，光是正常對話就會一直出現超越常人想像的單詞。

凱利娜為了自己的心理健康，盡早結束對話，和來找她的騎士一起離開。

看見凱利娜似乎有點慌忙，葵娜感到佩服：「在國家任職的人也真辛苦呢～～」

（感覺被叫外祖母也不太在意了，習慣真是太可怕了。）

葵娜轉頭走在回旅店的路上。

拿著突然從天而降的一筆橫財（但金額不容小覷），想著買些這裡的名產酒回去當伴手禮，便朝市場而去。

葵娜也問妖精有沒有什麼需要，但妖精只是一臉悲傷地搖搖頭。

仔細想想，好像也沒見她吃東西，她或許是吸收空氣中的養分存活的生物吧。

在里亞德錄遊戲中出現的妖精是給玩家任務建言，類似ＮＰＣ的地位。

因此，葵娜不記得有聽說過關於妖精這個種族的詳細說明。

到目前為止，兩人的交流就是葵娜對妖精說話後，妖精會用表情與肢體動作來回答。

葵娜留意著要再多多和她說話，加深彼此的理解。

那天買了包含蛋糕材料在內的食材後就回旅店。

回到旅店時，艾利涅把大家聚集起來，告訴大家還會在黑魯修沛盧留幾天。

因為盜賊頭目遭逮，原本停滯的商談也順利進行，幾天內就會啟程離開黑魯修沛盧。

但因為還有餘孽，無法使用西側的外殼商道。

所以又得經由東側商道回去。

「然後，又全部丟給我解決嗎……」

「很期待妳的表現喔，不知名冒險者閣下。」

艾利涅擺出狡猾的滿臉笑容推了一下眼鏡。他的發言讓葵娜臉頰抽搐。

似乎早已無法隱瞞，完全被看穿了啊。

接著，商隊中艾利涅的部下——帶著家人一起移動的修魯斯拿了小袋子給葵娜。

這裡面又是裝了大量的銀幣。

「總之，這是葵娜小姐的份。佛像的銷量也相當不錯喔。」

「那個，是什麼來著啊？我只記得有十束柴薪。」

「全部共一百六十二個，一個也不剩全賣光了。一個賣五枚銀幣，總金額是八百一十枚銀幣，葵娜小姐拿四成，所以是三百二十四枚銀幣。」

「那這樣就有一萬六千兩百枚銅幣，可以在瑪雷路阿姨的旅店住八百一十天呢……」

加上凱利克給她的討伐盜賊的酬勞，大概可以延長一倍以上吧。順帶一提，打算盤的人是奇奇。

「這樣一來，連蜜咪麗的住宿費也一起賺好了呢。」只有葵娜相當滿足。

順帶一提，葵娜決定只要沒特別理由，她就不會動用遊戲時代留下來的金錢。

理由是這個世界的物價相當便宜，就算不存錢也足以保持充分的生活水準。

但在旁邊聽到這段話的人都對她過於窮酸的換算方法嚇到摔倒。

看見大家跟被丟上陸地的鮪魚一樣，葵娜不解地歪頭。

「……不是啊，妳等等。拿到那麼一大筆錢，用這種方法換算真的可以嗎……真不愧是小姑娘，果然和大家不一樣……」

「說的是啊……該怎麼說，應該有更實用的使用方法之類……」

「這、這才是葵娜閣下的真本領……不知該看齊，還是該傻眼好……」

葵娜不知道大家對她胡亂批評了一番，把從市場買來的零食綜合包分給商隊的女性及孩子們。

接著，到了離開黑魯修沛盧的前一天。

葵娜到堺屋去見凱利克。

「前幾天辛苦您了，外祖母。雖然西側通商路還沒辦法開通，但能不能抱持期望是天壤之別。請讓我代表所有商人向您道謝，非常感謝您。」

「我已經聽過好幾次了啦～～」

「不，身為商人，一定得用某些形式報恩。直到我償還這份恩情前，幾次我都會說。」

看來凱利克比葵娜想像的還重禮貌且頑固。

但他都這樣說了，葵娜也好開口麻煩他。

或許凱利克就是看穿這一點才這樣說吧。

「那個啊，我可以拜託你一點情報類的工作嗎？」

「請直說，只要是外祖母的請託，我凱利克赴湯蹈火在所不辭。」

「我什麼都還沒說，但的確是在水中啦。」

「什麼？」

葵娜想拜託的就是有關蜜咪麗的事情。

如果凱利克認識和人魚之鄉有關的村莊或人，希望他可以幫忙介紹。

就算里亞德錄大地三面面海，要在如此寬廣的範圍中找出一個人魚之鄉幾乎不可能。

大海除了廣還很深，不是陸地的人類可以自由活動的地方。

葵娜利用技能就能解決這方面的問題，但一個人做得花上無窮的時間吧。

人魚並非與陸地上的人敵對的種族，葵娜想著：只要找找，應該可以找到和他們關係良好的人。

「人魚啊……雖然不常聽到，但這是外祖母的請託，就讓我利用堺屋的情報網來找出來吧。」

「謝謝你，雖然很麻煩，就拜託你了。」

「不會不會，今後也請您多多關照堺屋。」

「嗯，我改天再來。」

葵娜拿出小蛋糕給凱利克當謝禮，道別後離開。

回程沒發生什麼特別的事情，一路上相當順利。

損失的馬匹也補足了，所以葵娜也不需要叫出召喚獸。

葵娜在不會讓其他人起疑的前提下和妖精說話，加深兩人交流。

原本不願意離開肩膀的妖精過了五天之後，也開始在葵娜身邊飛舞。

但她似乎很怕其他人類，只要有人靠近她就會飛回葵娜的肩膀，藏在葵娜的頭髮中。

葵娜叫她「妖精妹妹」。

這是因為葵娜認為奧普斯可能有替妖精取名。

所以葵娜打算在能和本人對話時，首先就要問她的名字。

一行人通過國家確實派遣士兵駐紮的國境後，往艾吉得大河靠近。

阿比塔等人在此時發現騎士與士兵聚集在河岸上。
河岸上堆滿小山般的大量木材，看起來像是現在要在河上架橋。
但沒看見工匠的身影，艾利涅為了確認到底發生什麼事，讓商隊停止前進。
騎士們似乎也發現了有商隊靠近，看上去是負責人的人往這邊走過來。
葵娜想起那似乎是在競技場見過的態度高傲的騎士，迅速隱身在馬車後。
因為葵娜感覺好像會遇到什麼麻煩事。
然而就算不想和麻煩事扯上關係，麻煩事也會自己找上門。
艾利涅和騎士說完話後走回來，告訴大家現在似乎正在準備架橋。
「現在？怎麼做啊？」
「既沒看見工匠，也沒看見架橋用的道具耶。」
看見有材料沒工匠，葵娜已經猜到大概了。
應該是要帶有建築專門技能的玩家來吧。
而且就算不是玩家，葵娜也很清楚還有誰擁有對應的技能。
從馬車後探出頭環顧四周，發現小兒子正坐在小船上渡河。
「卡達茲！」
「！是老媽啊！妳為什麼會在這裡？」
葵娜看見熟悉的矮人身影上岸後朝這邊跑來，鬆了一口氣說著：「果然是這樣。」

搞不清楚狀況的騎士們一陣騷動。

艾利涅和阿比塔事前就知道兩人的關係，臉皺都沒皺一下。

只是對兩人站在一起散發出的驚人突兀感感到頭痛而已。

一個是看起來不滿二十歲的精靈美少女，另外一個則是一臉大鬍子的矮人。

「雖然事前聽說了，但是不是有哪裡搞錯啊？」

「那竟然是母子……大概詭異得可說是大陸七大不可思議了吧。」

卡達茲只是工坊經營者，但他是國家建築相關的專任技師，所以有騎士們護衛。

為免大家誤會，卡達茲說明了「親子」關係後請騎士退下，向葵娜解釋特地到這邊出差的理由。

「喔喔，因為西側外殼通商道不能用，就想把這邊的橋好好架起來啊？」

「是啊，但在架橋前，盜賊的頭目就被抓了。為了掃蕩餘孽，費爾斯凱洛也要和黑魯修沛盧共同派出軍隊。不管如何，我的工作都一樣啦。」

「如果卡達茲會被抓去戰場，我就會去把敵人殲滅！」

「老媽是打算和什麼對戰啦！就算是玩笑，妳也別把艾吉得大河搞成艾吉得大湖啊！」

在旁聽到這段對話的人都認為卡達茲是在開玩笑。

只不過，稍微領教過葵娜魔法的阿比塔等人的眼睛完全喪失了感情。

「既然如此，要不要順便弄成母子攜手合作啊？」

「不，雖然這讓人安心，但老媽不是商隊護衛嗎？」

「反正橋沒架好我也沒辦法好好工作啊。阿比塔先生！艾利涅先生！可以嗎？」

「啊～～嗯～～沒什麼不好吧。」

「妳架橋時我可不付薪水喔。」

「我才沒那麼愛錢咧！」

葵娜和卡達茲在地上畫出橋的概略圖後開始商量。

擔任騎士隊長的人物走到阿比塔身邊找他們說話。

阿比塔在冒險者公會中相當有名，他以前也曾是騎士團的一員，對騎士來說是容易搭話的人。

「阿比塔閣下，那位精靈女性是卡達茲大人的母親，這是真的嗎？」

「我以我的長槍發誓，絕無虛假！」

看見阿比塔斬釘截鐵的態度，好幾個士兵都睜大眼。

教會的大司祭斯卡魯格、王立學院長梅梅和造船廠工坊長卡達茲是兄妹這件事在國內相當知名。

也就是說，這位精靈女性是這三個名人的母親。

每個人都直直盯著葵娜看，即使看見她和卡達茲說話的畫面，大家仍難以置信。

「說是要架橋，但是一個工匠也沒看見耶。」

「是啊，卡達茲大人原本就精通不需要人手也能建築的【古代技法】，只要有材料就沒有問題了。」

「啊～～這麼說來，小姑娘也會用那種招式呢。是父母會用，小孩也會用嗎？」

就在兩人從容地「嗯嗯」邊點頭邊交談時，艾利涅從旁用手肘頂了頂他們。

「你們兩個，不覺得狀況似乎有點怪嗎？」

「「啊～～？」」

兩人一臉不可思議地回應艾利涅，然後發現原本感情融洽地討論的母子散發出一觸即發的氣氛而繃起臉來。

「就～～說～～了～～為什麼要從河岸邊邊開始架橋啦！而且往上再做一段斜坡，馬車不是很難拉上去嗎？拉車馬太可憐了吧！」

「如果用老媽的設計，從河岸邊與水面平行架橋，大水一來就會沖垮了啦！橋面本身得和河面有一段距離才行啊！」

「而且為什麼橋墩要用那麼多材料啊？只要減少這邊的材料，橋面行走的部分就能做得更好了吧！」

「老媽太小看大河了啦！只要橋墩留著，橋面部分隨時都能重新架設啊！只要有那些，就算我這樣的專家不在，他們也能重新把橋架起來！」

跟貓咪「嗚～～！」「喵～～！」吵架一般的爭執，讓商人、傭兵團、騎士和士兵都只能呆呆看著，完全無法介入。

在阿比塔眼神示意下，肯尼斯拖著沉重的腳步介入仲裁。

雖說不能違背團長命令，但士兵對他這有勇氣的行動發出讚嘆。

「那個……你們兩位，要不要稍微冷靜一點，然後再好好說話啊……？」

「肯尼斯你閉嘴！」↑附贈【威嚇】。

「無關的傢伙滾一邊去！」↑附贈【銳利眼神】。

「……是的，恕我失禮了。」

肯尼斯輸給兩人的魄力，立刻退散。

聽到士兵喝倒采，肯尼斯也生氣地反駁：「不然你們去仲裁看看啊。」

看起來很普通（？）實際上是等級1100對上等級300，所以朝周遭釋放出的壓迫感非比尋常。

產生一般人要是不小心誤闖可能會被這股壓力壓扁的氣氛。

「那從河岸斜坡前開始架橋，不就能和河面保持距離了嗎！」

「就說了，這樣一來材料就不夠了啦！」

「材料不夠就要靠實力來彌補，這才是工匠……啊！」

「幹嘛？老媽怎麼了？」

葵娜才要說話卻突然發現什麼事情，便打住話頭。

在旁觀望這場自行安靜下來的怪獸級爭執的人們紛紛鬆了一口氣。

每個人都搞不清楚為什麼會停止爭吵，一臉不可思議地看著時，突然有酒桶尺寸的鐵球從空無一物的空氣中出現，落在葵娜周遭。

咚轟轟轟轟轟轟轟轟轟轟轟——數量共有十二個。

這一擊就足以奪人性命的凶器攻擊，讓相關人士驚叫著慌張拉開距離。

葵娜滿臉笑容看著繃起一張臉的卡達茲，高興地解說。

「這個啦，這個。只要用鐵當橋墩的軸心就好啦，要是材料不夠，從其他地方拿過來就好了啊。」

就第三者來說，真想問她：「到底是從哪裡拿來的啦！」

但是，沒人敢對做出如此凶暴舉動的葵娜抱怨。

其實這個鐵球是收納在奧普歌德修特荷馬．庫洛斯泰德彭巴，簡稱奧普斯的樓塔道具箱中的東西。

因為他本人允許，葵娜也從那裡借用了不少好用的東西。

拿東西時，守護者還嘲諷『妳還真像是趁火打劫耶』，但葵娜當耳邊風。

再次拉起軟腳的兒子，打開技能的構築畫面，繼續討論。

說是鐵，但這是奧普斯加工過後的神鐵，能用在【建築：橋】加工上的只有葵娜。

所以他們大致達成協議，橋墩由葵娜負責，橋面由卡達茲鋪設。

造橋計畫雖然是在波瀾萬丈中展開，實際開工後很快就完成了。

兩人身邊狂風舞動、河川裂開，木材與鐵球從兩岸往空中飛去，在傻眼的眾人面前互相交錯。

鐵球彷彿變形蟲似的變形，嵌入變成空洞的墩腳位置，如螺絲般深深刺入河底。

木材分成主桁、橋面地板、柱子和扶手等四種，木材本身像有生命一樣自行組合起來。

不一會兒，原本只有河水的地方已經架好一座橋了。

僅僅花不到五分鐘，一座馬車也能輕鬆通過的寬敞橋梁完成，母子兩人滿臉笑容地牢牢握手。

晚了一拍，兩岸響起震天歡聲與掌聲。

當晚，在渡橋後的費爾斯凱洛這一側，整團人野營舉辦大宴會。

雖然是葵娜和卡達茲兩人架的橋，但他們幾乎沒花什麼力，反而是從河川下游運材料來的士兵們比較辛苦。

他們說母子兩人難得有機會，就讓他們倆在離大家稍遠的地方談笑。

因此他們可以說些不能讓人聽見的祕密，葵娜也順勢接受。

「妳說是殘存者～～？」

「哇啊，噓噓噓！」

「啊，對不起，老媽。」

話題必然會提到在黑魯修沛盧逞威風的盜賊。

到這個時候，葵娜才發現她似乎沒問魔人叫什麼名字。

看數值也只在意他的等級，完全忘記確認他的名字了。

因為他的等級高於兒子們，可以在雙方碰到前處理完，讓葵娜放下心中大石。

「那是什麼瞧不起社會的傢伙啊，為什麼沒有解決掉他？」

「我原本要解決的，但又不能和國家起衝突，所以就交給他們了。對了，不知道他們怎麼處分，我忘了問。」

「喂喂，全丟給別人嘛。只能晚一點請老姊確認了。」

「噢，這麼說來，我也得懲罰梅梅才可以。」

露出陰險笑容的葵娜身上流洩出恐怖的氛圍，讓卡達茲背脊一陣發涼。

「不對不對，有讓妳那麼震驚嗎？老姊也真是的，稍微提一點就好了啊。」

「算了，我也太不成熟了……差點就要變成決裂冷戰狀態了。」

「！那也太危險了吧……嗯，老姊，堅強地活著吧。」

卡達茲早早拋棄姊姊，替她向星星祈禱。

看見這一幕，葵娜苦笑著心想：「感情還真好呢。」

「他們兩個都是好孩子，讓我再次覺得沒和他們決裂真是太好了。也給了我許多方便，孫子也不錯呢～～」

「才沒幾天就變成寵愛孫子的笨蛋外祖母啦，發生什麼事了？」

兒子傻眼地看著手放胸前露出溫柔微笑的母親。

只有那裡是不同世界的溫暖光景，讓偷看的人也自然露出笑容。

但是，阿比塔沒答應要看氣氛，所以他對那種氣氛視而不見，朝葵娜大喊：

「喂～～小姑娘！妳在出發前說的那個蛋糕，現在做吧。」

「……現在？阿比塔先生，真拿你沒辦法。蛀牙我可不管喔。」

「蛋糕？」

「太麻煩了，乾脆做所有人的份吧。卡達茲，你也一起吃吧？」

「不用啦～～我不太喜歡吃甜的～～……」

「哎呀呀，真拿你沒辦法～～」葵娜無可奈何地站起身，對卡達茲這麼說，但卡達茲輕搖裝有愛爾啤酒的啤酒杯拒絕。

「嗚嗚，兒子竟然拒絕吃媽媽做的菜耶……艾利涅先生，你怎麼看啊？」

葵娜垂頭喪氣地裝哭，朝艾利涅尋求認同，艾利涅表情十分認真地斷言：

「要處以極刑。」

這也傳染給身邊的人，騎士與士兵們說著「卡達茲大人，身為男人，讓父母哭泣可是最糟糕的行為啊」或「身為兒子，得好好孝順父母才行」之類的話，卡達茲也只好大喊。

「啊～～好啦！不管是蛋糕還是甜食，全都放馬過來！老媽，妳儘管做吧！」

「這樣啊，太好了～～我還想說要是被你拒絕，我就要去找斯卡魯格哭訴。」

「咿～～～～！」

看得見。卡達茲想像自己被【獨特技能：美麗灑落的玫瑰（凡爾賽玫瑰）】全開的兄長近距離說教的畫面，露出生厭的表情。

見狀已經不氣的葵娜噴笑出聲。

夜色越來越深沉，一角染上光明的野營地裡傳出不輸給火焰氣勢的大笑聲。

葵娜從黑魯修沛盧回程的路上，繞到邊境村莊去看蜜咪麗的狀況。

村人們已經習慣有蜜咪麗的生活。

但是蜜咪麗本人似乎感覺到種族隔閡，現在還沒辦法融入。

要是葵娜能長期停留出手幫忙就好了，但她沒辦法在護衛途中脫隊。

而且包含卡達茲在內的架橋部隊也同行，再怎樣都無法拋下不管。

莉朵拍胸脯向抱頭煩惱的葵娜保證：「交給我吧！」

「蜜咪姊姊啊，是個超好的人，絕對沒問題！」

雖然不知打哪來的，莉朵自信滿滿地點頭，葵娜決定把蜜咪麗的事情交給她。

當然，抵達費爾斯凱洛從護衛工作解脫後，葵娜當天就回到邊境村莊去見蜜咪麗。

葵娜的行動快到想再次邀她工作的艾利涅都嚇呆了。
火速回到村莊後，葵娜看見蜜咪麗在公眾澡堂一角操控水桶中的水轉個不停。
「妳在幹嘛啊？」
「嗯～～？啊，葵娜小姐妳好，正如妳所見，我在洗衣服啊。」
「洗衣服？妳為什麼在洗衣服啊？」
葵娜搞不清楚狀況而睜大眼，蜜咪麗搔搔臉頰「啊哈哈」笑著。
「契機是莉朵對我說了一些話啦……」
正煩惱著不知該怎麼說明的蜜咪麗才一開口，抱著成堆髒衣物的莉朵就現身了。
「蜜咪姊姊，我拿來了喔～～啊，是葵娜姊姊。」
「妳好，五天不見了呢，莉朵。」
「莉朵，謝謝妳。」
蜜咪麗對頭上冒出問號的葵娜說：「請稍等一下。」把洗好的衣服從水桶中拿出來。
蜜咪麗把洗完衣服的髒水倒進汙水道，又在水桶中裝入熱水。
接著把莉朵拿來的髒衣服放進水桶中，倒進洗衣粉（堺屋販售的商品），再次操控水流使其旋轉。
接下來把剛洗好的衣服擰乾，交給莉朵。
莉朵把擰乾的衣服放進她拿來的桶子中，說著「那我去曬衣服喔～～！」走出去。

「那個……怎麼一回事？」
蜜咪麗看著仍一頭霧水的葵娜苦笑，接著開始解釋：「契機就是啊……」
事情起源於五天前，葵娜離開村莊後。
莉朵相當有耐心地對沒辦法融入村民而鬧彆扭的蜜咪麗說話。
為了吸引蜜咪麗注意，從自己喜歡的事說到村裡發生的有趣事情。
「雖然是什麼都沒有的村莊，但是有這～～麼多開心的事情喔！」莉朵什麼也沒問蜜咪麗，非常開心地說著包含和葵娜相識的事情。
其中引起蜜咪麗注意的，是這個村莊幾乎沒有小孩，所以莉朵都自己一個人玩。
蜜咪麗似乎也有類似經歷，所以她讓莉朵看了自己在人魚之鄉時玩的遊戲。
那就是蜜咪麗最擅長的水流操控。
她似乎是把「在水中該怎樣才能不影響海中生物而自由自在活動？」這件事放在心上，但自從來到這邊後，操控對象就變成水桶中的水。
「嗯？不是也在澡堂裡做過嗎？」
「恕我多言，葵娜小姐在那邊設置的術式太強，我的魔力控制無法干涉啦……」
「啊，哎呀，這樣啊……」
葵娜對在意外的地方造成影響一事感到抱歉，聽蜜咪麗繼續說下去。
正好就在蜜咪麗實際表演「就算不看也能遠距操控」時，莉朵的緞帶被風吹進水桶中。

兩人都沒看見這一幕，所以是很久以後才發現緞帶在水桶中。

莉朵看見從水桶拿出來的緞帶變得相當乾淨後，提議：「蜜咪姊姊，妳開洗衣店吧！」一切就從這裡開始。

那時的蜜咪麗也和現在的葵娜一樣，嚇得睜大雙眼。

蜜咪麗還來不及阻止，莉朵已經找來村裡的長老們，向他們宣傳：「蜜咪姊姊可以做到這種事情呢。」

「太小看小孩子的行動力了。」

「嗯，真的太厲害了……」

傻眼的蜜咪麗繼續說：「那之後，長老們的行動也非常迅速。」

跟獨居男子和洗衣服很辛苦的老人家約定好要委託蜜咪麗洗衣服。

報酬則是每戶一天一枚銅幣。

蜜咪麗恢復神智後，二話不說就答應了。

她也對每天只能接受村民們好意的關係感到相當過意不去。

另外，她開洗衣店第二天就已經賺到十枚銅幣了。

接著她拿賺到的錢來付旅店的餐費。

「對幫我做好各種準備的葵娜小姐很不好意思，我將來會把住宿費還給妳。」

「如果妳有自立的手段，我也會支持妳，錢我就不抱期待地等著嘍。」

「希望妳一定要期待著，雖然我不知道會花多少時間。」

蜜咪麗「哼哼～～」地抬頭挺胸對葵娜笑。

「我也有託人去找人魚之鄉，但那是陸地的人，對大海也不熟就是了。」

「陸地的人應該不可能完全知道大海的事情，關於這個我就不太期待了。」

眼露悲傷神色，嘴裡打趣地說著的蜜咪麗相當堅強。

「難得我在旅途中賺了一大筆錢，打算給蜜咪麗耶。失算了。」

「咦，請等等，不要繼續增加我的債務了啦！」

「別擔心啦，只是在澡堂旁邊替妳蓋一個專用的洗衣房而已。做個跟添水一樣會點頭的桶子就好了吧。」

「添水是什麼？請等等啦！欸，妳有在聽我說話嗎？」

「有啦有啦，沒問題別擔心我會做個很棒的工作室給妳！」

「咦咦咦咦咦！」

莉朵enumerated完衣服回來後，看見的就是在澡堂旁增設的小屋，以及帶著滿滿成就感拭汗的葵娜，還有垂頭喪氣無力地唸著「我阻止不了啊」的蜜咪麗。

「嗯～～要、選、哪、一、個、好、呢？那就、照神明、的、指示、吧……」

蜜咪麗在村莊內的立場也安定了，所以回到費爾斯凱洛的葵娜又重回冒險者的生活。

就算不挑工作，只要她想接，也可能解決掉所有委託。
但阿比塔警告她要是那樣做，會把想當冒險者而來到這裡的菜鳥的工作也全部搶走。
所以她大多以「有點難度，但也不會被綁住很多天」的基準選工作。
這是因為她固執地想盡量回旅店吃晚餐，想去挖掘好吃攤販等愛吃鬼的理由。
妖精妹妹大概怕人多的地方，只要葵娜走出旅店一步，她就老是躲在葵娜的頭髮裡窺探外界。
明明不會有人看見她的身影，她為什麼會如此害怕呢？
「應該不是奧普斯虐待妳吧？」
試著詢問，妖精妹妹搖搖頭否認。
還以為凝視就能解開隱蔽，但似乎並非如此。
葵娜想著：那就只能加深和妖精妹妹的關係了吧。
「不過啊，怎麼每天都有這麼多困擾事啊～～？」
冒險者一天至少會解決八到十件委託，但張貼委託的布告欄根本沒有出現空隙的跡象。
常駐於費爾斯凱洛冒險者公會的大約有二十人。
雖然不是每個人每天都會解決委託，即使如此，還是有新的委託陸續張貼出來。
「哎呀，只要有人住，需求的物品就會增加。如果街上找不到就只能到外面去找，煩惱永遠沒有消失的一天。」

鬧著聚在一起的小隊一角，身穿重裝備的高大男子聽見葵娜的自言自語後回答。

小隊其他成員似乎也有相同想法，大家一起笑出來。

「就算能在城市裡做事，還是有許多人不擅長戰鬥之類。」

成員中看似術師的纖瘦青年加上這一句。

「沒錯沒錯。」其他成員也「嗯嗯」地同意。

冒險者中好像有不少人只接受城市裡的委託。

這些人大多是女性、小孩或沒有戰鬥能力的人。

「像是幫忙找貓之類。他們以為這個城市裡到底有多少貓啊！」

「是啊，那真是讓人傷腦筋。雖然都是貓科，但那是果牙虎寶寶耶，都想要他別把那種東西養在城市了。」

「委託的婦人不是一個好人嗎～～」

「那種東西可以養在城市裡啊……」

果牙虎就是一種從後腦杓到後背都被甲殼覆蓋的巨大老虎。

據說有許多貴族為了自家的地位，會找來猛獸的幼崽馴養。

看著再次把視線拉回布告欄的葵娜的背影，一群人開始喧鬧地說起新手時期的辛苦事。

這些經驗談也讓葵娜想著：「聽著這些話真讓人舒心呢～～」她拿起一開始看上的委託書。

上面寫著「捕捉食材：尋找彎角熊肉。委託者：黑兔的白尾亭。酬勞：八枚銀幣」。

葵娜從卡達茲口中聽過，所以記得店名。

是他們兄妹有什麼事時就會聚在一起吃飯的高級料理店。

（感覺聽他們說至今說過哪些話也很有趣呢。）

葵娜回到費爾斯凱洛後，託卡達茲向梅梅轉達：「妳給我做好覺悟。」

在那之後完全沒見到面。

葵娜在路上巧遇羅伯斯時，從他口中聽到梅梅因為不知母親何時會來訪的恐懼而日漸憔悴。

已經和孫子們和解的葵娜，現在也不想教訓梅梅了。

只是想稍微報復一下而放著不管而已。

葵娜想著：要是梅梅在意到日漸憔悴，那也差不多該原諒她了。

「算了，做完這份工作之後再說吧……」

遞交委託書給櫃台後，熟悉的櫃檯人員阿露瑪納出面應對。

「葵娜小姐，這個委託需要直接把物品送到店家，要對妳說明地點嗎？」

「應該問人就可以，要是真的不知道，我把斯卡魯格抓出來問就好了。」

葵娜大大地露出輕鬆的笑容，阿露瑪納覺得好像聽見世界傾倒的聲音。

竟然把那個大司祭當跑腿的……雖然知道內情，還是難以理解這種發言。

那天，大司祭臉色大變衝進旅店的身影傳遍大街小巷，城市裡的人早就知道葵娜是那知名三兄妹的母親。

大多數人都不當一回事地說「怎麼可能啊」，或是只當笑話笑過就算了。

但冒險者公會也是個經手正確資訊的地方。

職員知道這件事是真的，即使如此，當面再次確認又是件殘酷的事。

光斯卡魯格將母親視為至寶存在的發言已經讓他有戀母情結的嫌疑了，看見他母親竟然是如此年輕的女性，粉絲們到底該如何自處？

葵娜不知道城市中的女性對自己有欣羨抑或是敵意的情緒，心情愉悅地離開公會，朝市場而去。

因為對手可是彎角熊。

即使葵娜有很多找到熊的手段，對方還是野生動物。

雖然在邊境村莊運氣不好（好運？）遇到兩次，但可能要花上好幾天才會找到。

葵娜打算去買料理的材料，以及為防萬一的乾糧等東西。

也得跟旅店說自己要離開幾天。

葵娜在路上叫住看起來很閒的少年，拿了一些銅幣給他們。

請他們轉達卡達茲：「因為工作要暫時離開費爾斯凱洛幾天。」

因為葵娜打敗殿助，城市裡的孩子們視她為「可怕的大姊姊」，沒人敢拒絕。

對沒辦法和兒子們【心電感應】的葵娜來說，是個剛好的傳達方法。

旅店老闆娘告訴葵娜，城市裡單親的小孩或孤兒都是靠這類雜事賺錢，所以葵娜也拿來有效利用。

之所以把卡達茲當窗口，是因為對一般人來說，工坊相對容易造訪。

孩子們有可以從葵娜身邊逃跑的划船能力，要渡河到沙洲也不是難事吧。

在市場買東西的葵娜發現走在幾條大街外的兩位女性。

平常她不會多在意，但其中一人是倫蒂就另當別論了。

想著大概有什麼緣分，葵娜匆匆忙忙買完東西，追上去喊住她。

「喂～～倫蒂！」

「葵娜小姐！太湊巧了。」

「咦？」

葵娜喊住倫蒂後，她十分開心地如此回答，葵娜便朝「該不會又抓到逃走的王子吧」這方面思考。

但看見和倫蒂一起的長袍打扮的女性對自己鞠躬，葵娜不禁歪頭。

「葵娜小姐，好久不見了。」

「倫蒂妳好，妳看起來過得很好呢。」

「可以在這裡碰到真是太好了，我還以為要在城市裡到處找妳呢。」

雖然對手搗胸口「呼～～」地鬆一口氣的倫蒂不好意思，但完全搞不清楚狀況的葵娜不知該如何回應。

「讓我為您介紹，這位是……」

在倫蒂催促下，女性拿下遮掩頭部的帽子。

原本的淡粉色長髮在後腦杓綁成辮子盤起來。

她的五官有點凶，茶色眼睛裡有著強烈意志。就葵娜來看，她是個大美人。

她身上穿著女性用的白色輕裝鎧甲，和費爾斯凱洛騎士團使用的鎧甲相同設計。

腰上配著細劍，葵娜心想那應該是護手刺劍。

不管怎樣，只要用【調查】，不只等級，連她是什麼人物也能全部知道，但既然是倫蒂帶來的，葵娜也沒興趣事先揭穿。

兩人打扮得相當得體，任誰都能看出她們是貴族。

旁邊也有窺探這邊狀況的人，但一看見倫蒂等人的身影便立刻跑走了。

「這位是我在學院的朋友，那個……梅伊小姐。」

「我叫梅伊，請您多多指教。」

「我是高等精靈葵娜，請多指教。」

倫蒂介紹為梅伊的這位女性對葵娜點頭打招呼。

葵娜回以笑容後，梅伊嚇得往後退一步。

這和倫蒂第一次見到葵娜時相同反應，葵娜看著她，以為她是害怕高等精靈，她本人卻慌慌張張地別過漲紅的臉。

葵娜完全沒有自覺，她的滿臉笑容會附加【常時技能：魅力（Charm）】。

初次見面的人沒心理準備便面對這個，就會滿臉通紅。

當然，【魅力】並沒有強制操控意識，隨心操控對象的效果。

頂多就是稍微增加一點初次見面的人的好印象。

倫蒂苦笑看著這副模樣，想著「她也經歷相同事情了吧」後再次向葵娜低頭。

「不好意思，葵娜小姐，在妳忙碌時要給妳添麻煩，可以請妳允許我們暫時和妳一起行動嗎？」

「…………什麼？」

反而是葵娜嚇一大跳，因為倫蒂的要求而一時當機。

奇奇喊她後立刻重開機，在腦內反芻剛剛聽到的話。

「我是沒關係啦……」

「真的嗎！謝謝妳！」

倫蒂聽到葵娜同意後，開心地跳起來，拉起身邊梅伊的手點點頭。

「等、等等啊，倫蒂。」

「梅伊小姐，葵娜小姐答應了呢，真是太好了～」

為了讓開心過頭的倫蒂和被倫蒂耍得團團轉的梅伊冷靜下來，葵娜拍拍手讓兩人注意自己。

「我是沒關係，但我因為有委託，接下來預定要外出喔。」

「「咦？」」

這次換兩人聽到這句話僵住了。

如果不知道倫蒂有什麼事，葵娜也不懂該怎麼對待兩人。

她想著至少聽她們說說看，便推著兩人的背往剛好在附近的食堂走進去。

而妖精妹妹仍舊藏在葵娜的頭髮中。

食堂的賣點是只限定在中午販售的輕食，也是附近很受歡迎的地方。

人潮洶湧，葵娜等人好不容易找到裡面座位的一角，只點了飲料等倫蒂冷靜下來。

在點的甜水果酒送上桌後，好不容易冷靜下來的倫蒂很不好意思地縮成一團。

「葵娜小姐，不好意思，我太興奮了。」

「是沒關係啦。」

「倫蒂，總之先向她說明後再思考吧？」

梅伊的言行給人很有氣質的感覺，葵娜猜測她們兩人是上流階級的朋友。

「那麼，可以說說妳們為什麼想和我同行嗎？」

「那是因為……」

正當倫蒂要開口時，梅伊制止她後看著葵娜。

「對不起，她是為了配合我。因為這是我第一次外出，倫蒂才會陪我來，也提到要請熟知外面的人來當護衛，但因為我害怕男性，倫蒂才會提議找妳。」

「我是搞不清楚狀況啦，是離家出走還是怎樣嗎？」

從外表猜個大概的葵娜說出的這句話，讓兩人一句話也說不出口。

「對、對不起……」

「倫蒂只是陪我而已，是我不好！所以！」

「好，停！」

因為梅伊突然焦急起來，眾人的目光開始聚集在她們身上，葵娜施展【魔法技能：結界】分散視線。

倫蒂和梅伊應該不懂葵娜在做什麼。

因為只是聲音從三人的座位旁邊消失而已。

「我不知道妳在焦急什麼，我不會去找人打妳們的小報告。除了倫蒂的爺爺，我也沒認識其他人。」

其實斯卡魯格和梅梅也算「相關人士」，但很遺憾，葵娜沒這等認知。

「那麼，我因為工作委託要到外面，妳們兩個要跟我同行，這樣可以嗎？」

「咦咦？」」

倫蒂和梅伊都是沒想過要外宿就出來了。
當然沒做任何準備，也沒帶任何所需物品。
只要看兩人雙手空空的打扮就可以知道。
倫蒂兩人打扮看起來和葵娜差不多，但葵娜的道具箱中隨時有大量物資，這部分可沒有任何疏忽。
「我想大概會住兩晚左右，如果是離家出走，應該會有人追來吧？只要出去外面就能甩掉了吧。」
「這樣說也是啦……」
「但是，我們頂多只有在學院裡露宿野外過耶。」
「我覺得就這樣也沒關係啦，安全的睡鋪和美味的晚餐我還能提供。」
在不如遊戲嚴苛的這個世界，帶著這兩個拖油瓶行動也沒什麼。
可算是不辱葵娜平常無從發揮的技能大師之名了。
雖然梅伊很消極，但聽到葵娜說「要不然就去教會，寄放在斯卡魯格那裡嘍」，立刻點頭。
葵娜等人結完帳走出食堂後，朝東門前進要離開城市。
原本如果想遠行，應該在上午還早的時段出門。
葵娜本打算用幾個移動魔法，才會過中午還這麼悠哉。

但人數增加後就沒辦法使用魔法了。

那麼只好快點解決委託，葵娜召喚出許多【風精靈】，讓他們去找彎角熊。

「對了，葵娜小姐接下什麼委託呢？」

「噢，我還沒跟妳們說啊。要去獵彎角熊啦～～」

「這樣啊……是彎角熊嗎？」

「嗯嗯，說是想要熊肉。嗯～～是因幡的兔子亭的委託。」

「應該是黑兔的白尾亭吧……？」

「對對，就是那個，就是那個名字。」

先別管輕鬆哼著歌走在街道上的葵娜，倫蒂因為這不得了的委託內容而白了一張臉。

彎角熊是頭上有一根或兩根角，高達三到五公尺的巨大身體加上堅硬毛皮的熊型魔獸。

那是平常棲息於森林深處的雜食性生物，要是肚子餓就會到人類的村莊襲擊人類。

想殺熊，就必須有辦法進入森林深處，連冒險者也需要數隊熟練的小隊。

學院生根本無法與之抗衡，是個一瞬間就會讓小隊支離破碎的強敵。

梅伊聽完倫蒂重點說明後，表情跟著繃緊。

但是主導的葵娜本人一點也不緊張。

雖然沒看過也沒聽過葵娜身上的裝備，但梅伊和倫蒂一看也知道那是最高等的東西。

不過除此之外，也沒看見背包或其他東西，讓她們對剛剛那句「全包在我身上」產生疑問。

「倫蒂，那個人真的沒問題嗎？」

「嗯，她的實力連我家爺爺也掛保證，而且是斯卡魯格大司祭的親生母親，我想應該沒有問題。」

「那位女性就是傳說中的大司祭的母親？」

從葵娜想把教會當托兒所用這點來看，隱約可察覺她和斯卡魯格的關係親密，但梅伊還是忍不住嚇一大跳。

「？什麼什麼，斯卡魯格怎樣了？他有帶給梅伊什麼困擾嗎？」

在東邊街道上走了一小時後，葵娜轉向朝北邊前進，所以三人現在在沒有道路的森林中前進。

葵娜領頭往前走，偶爾朝花草樹木說幾句話，就弄出可供一人通行的道路。

第一次看見這一幕時，兩人都變身成目瞪口呆的土偶了。

但對葵娜來說，只是行使高等精靈族的特典「與自然對話」，讓花草樹木暫時閃避。

在葵娜毫不費力做到連精靈族也辦不到的技藝時，她的行為已經是異次元等級了。

從這個衝擊中振作起來的兩人又開始偷偷對話。

聽到梅伊不小心大喊，走在前面的葵娜轉過頭。

葵娜對梅伊慌慌張張掩嘴的動作感到可疑，大概誤解了什麼，氣得眉毛上揚。

「那傢伙該不會對去教會的女性出手了吧！可惡，斯卡魯格！竟然墮落成女性公敵，回去之後要教訓他！」

「不、不不不、不是這樣不是這樣！只是偶爾會去找他商量而已！」

梅伊抓住憤慨地握拳的葵娜，拚命解釋。

倫蒂大概沒見過梅伊如此拚命的模樣，嚇得目瞪口呆。

看見梅伊語尾吃螺絲，滿臉通紅拚命的樣子，葵娜想到了什麼，露出陰險的笑容。

那是個有著裂開如上弦月的紅嘴的陰險笑容。

「哈哈～～看來梅伊是對我家孩子有意思吧！」

「咿……」

「咦？梅伊小姐是認真的……？」

看見梅伊臉紅到幾乎要冒煙，全身僵硬，倫蒂難以置信地問她。

看來梅伊是相當巧妙地隱瞞，連近在身邊的倫蒂也沒發現。

葵娜完全變身成好奇心旺盛的三姑六婆，雙手環胸深深點頭低語：「我猜中了啊。」

「找他商量後得到他溫柔的建言，再加上那副美貌和甜言蜜語，就這樣陷入情海了啊。喔～～青春真好呢～～」

葵娜進一步變身成不識相的大叔，讓梅伊低著頭，連耳朵都紅了。

「梅伊小姐竟然會有這種反應！所以妳說妳沒有喜歡的人是騙我的嘍！」

「因為這種事情，到底該用什麼表情說才好啊……」
「這樣的話，在相親攻勢開始前先對王妃殿下這麼說就……」
「哇啊啊啊啊！噓～～！噓～～！」
「……啊……」
就連倫蒂也自覺說了不該說的話，連忙遮住自己的嘴。
而聽得一清二楚的葵娜看著兩人戰戰兢兢窺探自己的模樣，回以燦爛笑容。
「啊啊啊啊啊～～說出來了……」
「對不起對不起對不起！」
倫蒂對著垂頭喪氣的梅伊不停低頭道歉。
（原來是公主啊～～）
『把公主帶出城市真的沒關係嗎……』
（要有個萬一就去找斯卡魯格哭吧。）
葵娜這邊也浮現出「綁架公主」這幾個字而繃起臉。
而最後手段就是兒子。這已經說過好幾次，她行使權力的方法完全錯誤。
但如果不被接受，可能要靠蠻力解決了。
為了不讓這種狀況發生，已經確定在中間當緩衝的斯卡魯格和梅梅會很辛苦。
「但是啊，初戀總是無法開花結果啊……」

「我的心意才沒那麼輕率！」

聽到葵娜突然拉回話題後的發言，梅伊極力反駁。

看見葵娜咧起嘴角往上揚，這才恍然大悟。

「ＯＫ～～承認了啊～～」

「不、不不、不、不是！這句話才不是那種意思！是更親愛的意思！」

「沒什麼不好啦！我又不會特別反對，也覺得這很重要喔。」

葵娜揮揮手試著解開誤會（？），但她「與我無關」的態度反而讓梅伊嚇得露出奇怪的表情。

「我才不會插手孩子們的戀愛，扼殺難得萌發的愛苗也不好啊。而且說起梅梅，她在黑魯修沛盧有女兒和兒子，現在還有第二任丈夫，超級自由奔放啊！我還想說些『如果想擄獲我女兒的心，就必須先打倒我』之類的話耶～～」

據說梅梅之後從倫蒂口中聽到這件事時，對自己沒有晚嫁大大鬆了一口氣。

要是碰上母親，不管是怎樣的勇者都不是變成肉末就能解決。

更別說羅伯斯還是沒有戰鬥力的人，光思考都覺得只會有恐怖的下場。

在場的兩人不清楚葵娜的真正實力，只能呆呆點頭回應：「喔……」

在完全日落前滑壘抵達街道旁的簡易紮營廣場，三人開始迅速做露營準備。

曾在學院的課程中長距離行軍的梅伊和倫蒂，在廣場鋪設簡易咒語。

只要利用【召喚魔法】召喚出掌心大小的【炎精靈】（小猴子），就可以減少為了撿柴火走進夜間森林的風險。

為防萬一，加倍警戒總是好，葵娜這樣想著召喚出三頭犬。

有三個頭的巨大杜賓犬讓梅伊和倫蒂抱在一起發抖。

葵娜拜託三頭犬警戒露營地周邊。

只要不是有相當實力的魔獸，應該不可能突破這個警備吧。

看見走進夜晚森林中消失身影的三頭犬就知道。

那可是彎角熊完全比不上的恐怖魔獸。

梅伊和倫蒂修正對可以自由自在召喚、操控魔獸的葵娜的認知。

如果沒那等本事，根本無法當好斯卡魯格與梅梅的母親。

葵娜不知道兩人怕她怕到發抖，陸陸續續做出鹹肉派和比薩。這些連在貴族聚集的舞會上也不曾見過的料理，讓疲憊的兩人開始覺得「驚訝只是白費力氣吧」。

葵娜溫柔地看著兩人心驚膽跳享受未知的味道，接著拿出材料準備做甜點。

「葵娜小姐，妳不怕晚上的森林嗎……」

環顧四周就會被某些聲音嚇到的梅伊接過毛毯後，從頭蓋住不停發抖。

倫蒂也差不多，但她似乎在梅伊面前努力忍著。

「不會啊，森林是高等精靈族(我們)的領域，現在還有什麼好怕？」

大概是葵娜文風不動的態度讓她們安心，兩人的恐懼也稍微緩解。

周邊警備只交給一隻等級４８０的三頭犬，所以兩人都沒發現這可說過度的安排。

（哎呀呀，還真的如阿比塔先生所說耶～～）

在阿比塔的冒險者講座中曾對葵娜說過，只要年長者不在乎其他事情冷靜下來，就能抹去身邊人的不安。

只是這樣就有這等效果，葵娜也感到被依賴而覺得有點開心。

先別說這個，葵娜施展【料理技能：派】製作飯後甜點。

出現在葵娜張開的雙手間的巨大火球把她腿上的材料全吸進去，幾秒就完成露許派。

葵娜對著一如往常的香氣「嗯嗯」地點頭，發現坐在正前方的兩人睜大眼、嚇得下巴都掉了的僵直狀態，「啪」地拍了手，理解狀況。

「對喔，除了學院和艾利涅先生他們，妳們是第一次看到這個的人，原來如此。」

葵娜拍拍兩人的肩膀，把她們拉回現實，拿身邊樹木給的樹葉當盤子，把切好的派分給兩人。

來回看了派和葵娜的兩人看著廚師津津有味地吃光派，才怯生生地放進嘴裡。

「啊，好好吃……」

「真的耶，好甜……」

「妳們喜歡就好，我切成六等分，所以一人兩片喔。」

葵娜用「甜點是另一個胃」的理論吃完自己的份，把符文劍配在自己腰上後站起來，往廣場下坡後會看見的小河走去。

只留下一句：「我去做點準備喔。」

「她是要去準備什麼啊？」

「我也不太能理解葵娜小姐在想什麼耶……」

兩人的疑問立刻獲得解答。

「咚！轟！喀啊啊啊啊啊啊啊啊啊啊！」這非比尋常的爆炸聲——

與「轟咚咚咚轟隆隆隆隆隆隆隆！」這搖晃周遭的轟聲。

兩人慌張又害怕地走下坡，只見葵娜帶著充滿成就感的表情站在直直立於地面的筒狀岩石物品前。

「葵娜小姐！」

「妳在做什麼！這是什麼，魔獸？」

「噢，我只是想做個浴池，但地面太硬了，為了整地才爆破，吵到妳們，對不起喔。」

「什麼？」

「浴、浴池？」

葵娜利用爆破魔法在地面鑿洞，接著把河岸的石頭加工成磚塊狀，鋪在裡面。

然後從河川引水進來，用【溫水】魔法加熱。

拿來當屏風的岩石加工壁另一頭，陣陣溫熱水氣往上飄。

兩人只能對葵娜無厘頭的所作所為嘆氣了。

梅伊覺得與其質疑，接受這一切比較不會有負擔，便用力拉了倫蒂。

「梅、梅伊小姐？」

「難得有這個機會，我們來泡澡吧，倫蒂。」

「咦？咦、咦咦咦咦！」

「那我就在這邊守著，妳們好好泡個澡吧。」

「好的，那我們就恭敬不如從命了。」

葵娜目送兩人走到岩壁另一頭後，背靠在屏風入口的牆上，雙手環胸。

同時眼前打開地圖模式的畫面，請奇奇顯示周遭地形。

確認幾個蠢動光點中沒有紅點後，失望地嘆氣。

同時，葵娜面前捲起小龍捲風，三隻透明的小鳥現身。

這是葵娜白天召喚出來搜索周邊用的等級１１０的【風精靈】。

該說不出所料吧，這邊太靠近城市，所以沒有找到彎角熊。

「果然不踏進森林深處就找不到彎角熊吧〜〜」

『目標，可能棲息於與邊境村莊周邊地形類似的場所，有百分之七十四的可能性棲息於北方十七公里處。』

地圖上顯示為接近艾吉得大河主流的區域。

越靠近水源表示生物越多，危險同時也會變多。

對低等的兩人來說，去那裡會很辛苦，但葵娜有自信可以保護好兩人。

召喚出好幾頭六腳羊來當寢具，兩人都很享受那軟綿綿的毛皮。

隔天，開始行動的葵娜告訴兩人要往森林更深處前進。

對在遊戲中基本上單獨行動的葵娜而言，老實說這兩個人很累贅。

如果是玩家，就算新手也懂得一定程度的事情，所以放著不管也沒差，而且最重要的是這世界沒有死亡後能回去的據點。

如果牽扯到人命，稍微放鬆一點祕密主義也得盡量用獨特技能。

召喚出三隻【風精靈】，讓他們探索行進方向上有沒有彎角熊，召喚出兩頭澤亞狼護衛兩人。

要是有萬一，風屬性的白狼可以破風飛上天，正好用來讓兩人避難。

如果考慮生命安全，也能選擇在此道別。

但這次是葵娜開口邀約，這個選項太不負責了。

葵娜也對兩人施加防禦魔法，重重加上好幾層保險。

邊詢問樹木們前進方向，葵娜等人朝森林更深處前進。

「呼，又踢了這種無聊的東西。」

彎角熊的手腳朝預期外的方向拋出，頭直接撞地後一動也不動。

看著眼前已經嚥氣的那隻熊，葵娜撩起瀏海，吐出一句不知哪來的武士會說的話。

「…………」

「沒、沒事吧，梅伊小姐！妳振作一點啊！」

好幾個騎士費盡千辛萬苦才能打倒的魔物，葵娜竟然只需幾秒就解決，梅伊嚇得啞口無言。

倫蒂曾目擊葵娜做出水上步行這種超乎常識的行為，所以沒太驚訝，呼喊梅伊拉回她的意識。

葵娜讓【風精靈】去尋找彎角熊，找到後盡量引誘到寬敞的地方。

傷到毛皮也會讓價格下降，葵娜不想讓熊身上有砍傷或刺傷，一如往常用【戰術技能(Weapon skill)：衝撞】一腳踢飛熊。

記取先前失敗的教訓，葵娜也再三注意避免造成樹木損傷。

拜託【風精靈】把踢飛的彎角熊吹上半空後，讓牠變成自由落體。

簡單來說，就是聯合踢殺和高空墜落死亡兩種方法，澈底扼殺了彎角熊的生命。

梅伊是在葵娜開始支解彎角熊時才從失神狀態中恢復意識。

周遭充斥著濃郁的血腥味，不習慣的人肯定幾秒就會不舒服。
葵娜姑且有控制氣流不讓其他魔物之類聞腥而來，但這會讓濃郁臭氣全集中在這裡。
倫蒂白了一張臉，梅伊則是超越蒼白，已經接近土色。
倫蒂陪著遮掩口鼻的梅伊遠離支解熊體的現場，朝森林裡跑去。
被葵娜交代保護兩人的澤亞狼也遵守命令，跟在後面。
如果只是一直看著那副模樣，太陽就要下山了，所以葵娜迅速支解彎角熊。
挖個洞把內臟埋起來，冷凍切好的肉、鞣好毛皮。
骨頭也在乾燥後收進道具箱。
在這沖天臭氣當中，妖精妹妹只有離開葵娜肩頭，靠近觀賞彎角熊被支解。
之所以一臉沒事，大概是因為她不把氣味當一回事，要不然就是根本對氣味沒感覺。
把停滯在這裡的空氣吹往上空，對自己施展【清潔】魔法後，工作就結束了。
因為花了不少時間找彎角熊，天空已經開始轉紅。
這裡遠得必須徒步兩天才能回到費爾斯凱洛。
有那兩人同行的情況下，趕緊回去就是個無謀選項，所以葵娜決定今晚在這裡過夜。
葵娜要澤亞狼把兩人拉回來後，開始做野營準備。
準備兩個水桶，其中一個裝滿水，要當飲用水用。
另外一個用【溫水】魔法加熱，要用來擦拭身體。

昨天做的那個浴池，就連倫蒂她們貴族來看，都是屬於超乎常識的東西。
葵娜自認很貼心，但對方似乎相當惶恐。
所以今天準備了裝在水桶裡的溫水。
這樣一來，就可以擦澡擦到開心為止。
妖精妹妹在澤亞狼一行快回來時，又立刻跑回葵娜的肩頭。
接著解除用來探尋彎角熊的【風精靈】的召喚，發動其他召喚魔法，【召喚魔法：白龍Lv.4】。
葵娜面前出現一個直徑將近二十公尺的純白魔法陣。
一段時間後，有一身純白羽毛的龍慢慢從魔法陣中出現。
乍看之下會誤認為是大鳥，但牠擁有龍的特徵——長角的頭部、長長的脖子和尾巴，四隻爪子的手和背上一對大張的翅膀。
到頭頂的高度可與四層公寓媲美。
白龍是擅長恢復與防禦魔法的聖屬性龍種。
牠的治癒氣息可以治癒所有同伴，在遊戲時的戰爭中主要配置在後衛。因為和黑龍同為大型龍種，很容易被鎖定防禦陣地而成為被攻擊的目標。
雖然牠也會攻擊用的光之吐息，但只要使出一擊，就要等一小時才能使出下一擊。
過沒多久，澤亞狼領著兩人回來，兩人一看見悠然佇立的白龍莊嚴的身影，立刻嚇傻。

水桶、【炎精靈】的營火和她們的寢鋪就在白龍的正下方。

走到這裡遇見的魔物和用簡易咒語就能防禦的最低等魔獸不同等級，考慮安全才採取此一對策。

等級440的白龍存在感，連彎角熊也會夾著尾巴逃跑。

而且感覺在牠軟綿綿的羽毛包覆下可以香甜睡一覺，葵娜考慮這些後才決定召喚白龍。

「哎呀哎呀，妳們兩個別怕啊，快過來。」

「別、別怕，這……」

「牠、牠不會吃人嗎？」

「這是我召喚出來的，很聽我的話啦～～握手。」

葵娜在嚇得跌坐在地的兩人面前舉起右手，白龍輕輕把一根爪子擺在上面。

讓白龍「換手」、「趴下」都做了，她們兩人才終於肯靠近。

好不容易把兩人拉進白龍伸展的翅膀內側後，兩人卻一語不發地對看，葵娜不禁苦笑。

「妳們兩個都是第一次看到龍嗎？」

慢吞吞吃著葵娜做的麵包、起司和串燒肉，兩人時不時偷看遮住頭上夜空，被營火照得通紅的白龍下顎。

聽到葵娜的提問，倫蒂和梅伊愣了一下才同時點頭。

彷彿回想起古老記憶，梅伊按著眉間回答：

「只是從別人口中聽過。很久以前騎士團長說過這類的事。」

「那我也聽過。說什麼有些古老遺跡裡還留有守衛遺跡的龍之類……」

「騎士團長？是活超過兩百年的人嗎？」

「是這幾年才換人，所以我也不知道那位團長的年齡，但他是龍人族。」

「這樣啊，很強嗎？」

「是的，非常強，輕而易舉就能敲碎岩石。」

（那該不會是玩家吧？）

雖然有疑問，但沒看見本人也無法判別。

「學院常像這樣外出嗎？」

「呃，也沒那麼常。實際上在冒險者公會登錄後，也會去採集藥草或狩獵小型動物，但幾乎都是當天來回。」

「哦～～梅伊也會去嗎？」

「我的情況是會有護衛跟著，但我也去過。」

「還真是麻煩呢。」

「還能到學院上課已經夠好了。」

「說的也是啊。對了，倫蒂，殿助最近還有到處亂跑嗎？」

「啊哈哈～～自從葵娜小姐取了那個可恥的綽號後，完全沒收到這類報告呢。」

「殿助？」

聽到葵娜和倫蒂說綽號就能互通的對話，梅伊不解地歪頭。

倫蒂邊忍笑邊解釋：「就是殿下啦。」

「那孩子的？」

「殿下逃跑那天，爺爺拜託巧遇的葵娜小姐幫忙。」

「騎士也說每次要抓他回來都要費一番功夫，妳抓到他了嗎？」

「在追他時，我差點喊出殿下又立刻住嘴，結果葵娜小姐聽到後就開始叫他殿助。」

「哎呀！」

「沒有人能從在牆壁、水上行走的我手中逃脫。」

「那真是……真希望可以親眼一見。」

「咦？」

梅伊不知為何竟然對牆壁與水上等單字產生興趣，葵娜相當困惑。

「先別說水上了，走壁魔法是個人用魔法，大概沒辦法吧。」

「等等，葵娜小姐！請妳別把梅伊帶往奇怪的道路啊！」

「什麼奇怪的道路……我是不知道能不能教會妳啦，但如果妳真的想知道，就必須通過考驗！」

因為技能大師的習慣，不小心就脫口說出考驗的事情。梅伊和倫蒂頭上冒出問號。

「是要打敗葵娜小姐嗎？」

「不，那絕對不可能。」

「「秒答啊！」」

葵娜揮揮手說著「不可能不可能」，抱怨「也太過分了吧」的兩人笑了出來。

「饒了我吧。」

「如果讓葵娜小姐困擾，我會被斯卡魯格閣下罵嗎？」

「嗯～～會怎樣呢？我也不太清楚。」

結果，陪兩人聊天聊到她們不緊張時，夜色也更深了。

因為遊戲中有許多很有個性的人，葵娜好久沒這樣心情柔和地和別人一起歡笑了。

第四章 重逢、怪獸、討伐和線索

此時的王都。

葵娜等人在森林裡與白龍共度一夜後的隔天。

聚集在冒險者公會的莽漢中，一個男人脫口而出：

「說起來，最近這三天沒看見那個小姑娘耶。又跟去哪裡護衛了嗎？」

是成天泡在公會裡的小隊「凱旋鎧甲」。

這是由同一個村莊的村民組成，相對老練的小隊。

就是葵娜接下彎角熊委託那天，和她說話的男人們。

前幾天才完成委託，口袋現金充足的他們也沒特別奢侈地悠閒度日。

但為了不錯過划算的委託，每天都不忘來冒險者公會一趟。

聽到同伴低語，大概是負責動腦的術師青年推測回答：

「她似乎接下了狩獵類的委託，但應該不需要擔心她吧。」

「要是獵物就在附近還好，有時候還得追上好幾天吧。」

「那個小姑娘光看都讓人捏一把冷汗耶，沒問題嗎？」

「也差不多該替她介紹哪個小隊了吧？」

同伴們紛紛想起葵娜，七嘴八舌中，只有小隊裡的前鋒，全身穿著鎧甲的男人搖搖頭。

「那也得有能和小姑娘並肩作戰的人啊……」

這句沉重低語讓同伴們頓時失聲。

彼此面面相覷的沉默中，男人苦笑著向大家道歉。

「啊，抱歉，隱約有那種感覺啦，我失言了，大家忘了吧。」

「喂喂，孔拉爾，你這句話感覺別有深意耶。愛上人家了啊？」

「什！誰、誰對那種小姑娘有興趣啊！」

被稱為孔拉爾的男人含糊其辭後，捉弄他的男人更進一步追擊。

捉弄他的男人無法承受夥伴們的前鋒、有時還會打出決勝一擊的孔拉爾的怒氣，逃出公會。

在其他同伴安撫下，孔拉爾放棄追過去，回想起第一次見到葵娜時感受到的怪異，身體一陣顫抖。

過去，曾有個名為VRMMORPG里亞德錄的線上遊戲。

外表設定為二十多歲人類的孔拉爾就在遊戲中創角誕生。

因為角色外貌對應實際容貌幾乎沒辦法變更，只把頭髮和眼睛變成褐色。

和沒見過面、不知名、完全不了解的陌生人透過遊戲角色相識，攜手合作突破困難，彼此一起成長的開心夢幻國度，卻因為意外原因步上衰退之路。

接著，到了服務要結束的最後一天。

總覺得提不起勁和朋友們胡鬧的孔拉爾，登上了可以一望藍天與綠色大地的高台，眺望著風景。

但當他回神時，發現自己身在一個不知何處的森林裡。

沒辦法聯絡營運商，也沒辦法和朋友通話，地圖功能也不能用。

什麼方法也沒有而一籌莫展的孔拉爾被附近村莊的獵人撿回家，接受獵人的照顧。

接著從獵人口中聽見童話故事。

七國毀滅，新成立了三個國家，現在進入發展的時代。

這是過去玩家們創造出繁榮的那個時代又再經過兩百年後的世界。

在最初落腳的村莊百般煩惱過後，他做好今後要以孔拉爾的身分活下去的覺悟。

接著和村莊裡想當冒險者的人們一起到費爾斯凱洛王都，在那裡成為冒險者。

最初有七個同伴，經過十年也只剩下四個人了。

有人過世，有人脫隊。

孔拉爾在四處遊歷的同時，也在尋找和自己有相同境遇的玩家。

但經過十年，原本二十多歲的年輕人也成為三十多歲的大叔，像是自覺年紀增長，他也放棄尋找了。

就在此時，就在他想找回初衷而回到費爾斯凱洛的王都時，遇見了這位自稱葵娜的菜鳥冒險者。

孔拉爾第一眼看見這位不怎麼理解一般常識的高等精靈族女性時，當場嚇傻。

因為他沒辦法用【獨特技能：調查】看穿她的基本數值。

只不過，孔拉爾對上面顯示的「不明」有印象。

這是VRMMORPG里亞德錄特有的系統，無法看見等級比自己高的人的數值。

如果這位女性就是自己尋尋覓覓的玩家，那也可能還有幾個人留在遊戲裡吧。

要是能直接找她確認就好，但這十年漫長的歲月讓孔拉爾變成膽小鬼了。

試著順手蒐集關於葵娜的謠言後，發現這全是玩家會有的行為。

有人說她會在水上行走。因為水上步行魔法已經在現在的世界失傳，這是確切證據。

有人說她是費爾斯凱洛知名三兄妹的母親。

慎重起見，孔拉爾還去找兄妹本人確認，但一介冒險者當然不可能一下子就見到學院長與大司祭。

他只見到了造船廠工坊長卡達茲，但無法判別卡達茲是不是玩家。

同伴們看見孔拉爾苦惱地思考關於葵娜之事的樣子，彼此笑著：「那個魯莽傢伙的春天終於來了啊。」

在此，有個意外的人物跨進公會大門。

白色鎧甲肩上有獅鷲紋章，那是隸屬費爾斯凱洛騎士團的兩名騎士。

雙人組其中一人看起來像普通的人類騎士，另一個則是揹著可與身材匹敵的大劍的銀色龍人族。

人類騎士環視公會內一圈，直直朝委託受理櫃檯走去。

他似乎向櫃檯小姐問了什麼，但這裡沒有聽力好得知道他們說些什麼的人。

停在入口附近的龍人族開口詢問包含孔拉爾在內的幾位冒險者。

「不好意思，我們在找人，請問你們有見過淡粉色頭髮，打扮十分得體的女性嗎？」

大部分騎士在街上碰到時的態度都很蠻橫，所以冒險者很討厭騎士。

正因如此，龍人族騎士有先打聲招呼的態度讓他們產生了好感。

但是，似乎沒人見過他口中的女性，幾乎所有人都搖頭。

孔拉爾則是因為看見不同的東西而睜大眼睛。

因為他沒辦法用【調查】看穿龍人族的等級。

使大劍的銀色龍人族。

自己有印象的，只有過去所屬公會中的副隊長。

他記得名字應該是……

「……閃靈賽巴……？」

「噢，那確實是我的名字。嗯？我有說過我的名字嗎？」

「『銀月騎兵』……的？」

「什……麼？你怎麼會知道那個名字？」
孔拉爾與口氣焦急的龍人族視線交錯，兩人互瞪的眼睛嚇得睜大。
「你是孔拉爾嗎！」
「副隊長！是你嗎！」
不知該不該說睽違兩百年不見，原本同屬一個公會的成員緊緊握著手，為彼此重逢感到開心。
孔拉爾的同伴們和閃靈賽巴的同事完全不知道發生了什麼事，只是一臉呆傻地盯著相視而笑的兩人。

而在將費爾斯凱洛王都一分為二的艾吉得大河沙洲上的學院裡。
羅伯斯．哈維教授正感到前所未有的苦惱。
他單手拿著桶子，裡頭的深紫色液體正散發異臭。
這是他徹夜不眠做出的失敗品。
是他無法忘懷曾見過的光輝，想用自己的雙手重現而做出的東西。
那個光輝的原因，就是妻子的母親施展的【古代技法】。
他找妻子梅梅商量，梅梅表示製作物品是弟弟卡達茲的專業。
去問卡達茲，他表示這需要「技術技能」，如果想學習新的技能，就只能透過葵娜的技能取得。

『那麼，只要拜託葵娜閣下就能學會嗎？』

『……有點難吧。老媽是管理這類技能的人，就算我們跟她說想學，我也不認為她會給我們。再來就只有通過考驗這個手段了吧。』

而聽說考驗的內容也是千差萬別。

有超花時間的考驗，也有充滿殺意的考驗，如果想接受考驗，就得前往名為「守護者之塔」的地方。

他也想找本人確認，但不是不湊巧葵娜出任務不在，就是見了面也沒時間說話。

沒辦法，他只好找來類似的材料，重複試誤企圖做出相同東西，但似乎看不見終點。

不管做什麼都失敗，做不出能讓他認同的東西，只有廢棄物如小山般增加。

其中還有從遠方訂購來的貴重材料，真的無比遺憾。

這是因為自己的原創性不足嗎？亦或是根本欠缺做出這種東西的才華呢？

陷入失意深淵的他走到學院角落只是挖了個洞當垃圾場用的地方，把失敗品倒進去。

看得見的人（玩家）一看就知道，那邊有跳動的箭號與顯示「？？？」符號的字框。

反正玩家以外的人看不見，也沒有太大的意義。

前提是「廢棄物中沒有奧克蘇雷的根、羅格的眼珠和奴艾葡的舌頭」。

就在羅伯斯切換意識想構思新做法時，他身後的大洞迸發光線。

羅伯斯嚇得轉身，炫目光線讓他遮掩臉龐，他看見幾道細光從洞中往上射出。

一開始只有細光朝天空發射，接下來是白光寫出的英文字母跳舞般往外噴出。

彷彿從細瓶口噴出的香檳泡泡，大小寫英文字母不斷湧出。

接著，這些英文字母開始在空中規則排列。

小寫橫排，大寫直排，等間隔排列後靜止。

下一秒出現的是從文字往外延伸的光線。

以文字為基準，在空中縱向或橫向拉出光線。

構築出一個彷彿用３Ｄ畫出的縱長長方形方塊。

只不過那是高度達四十公尺，長、寬各二十公尺的巨大物品。

這個巨大的３Ｄ方塊，從校舍看得見，從往來艾吉得大河的船上也能看見，而且從王城也能直接目視。

不一會兒，方塊中出現了更進一步的變化。

內部光線開始正確描繪出彷彿一開始就在內部之物的輪廓。

光線在比校舍更高的半空中畫出立體的某巨大之物。

圓滾滾的身體，魚鰭狀的雙臂前端長著銳利尖爪。

短腿上有支撐其壯碩身體的粗壯爪子。

最後是長長嘴喙、與鳥相似的頭部，口腔內還有排列緊密的尖牙。

光線畫完這沒看過也沒聽過的巨大生物後消失。

從校舍屏息目睹這一切的學生只能瞪大眼睛，無法從這幅光景移開視線。

而從正下方抬頭看方塊的羅伯斯發現自己不知何時已跌坐在地。

是在更久之後他才發現自己腿軟了。

接下來發生的事情讓所有人大吃一驚。

線的內側突然長出骨頭。

不僅如此，連包覆在肋骨內的內臟也同時構築出來。

強調肉體的肌肉出現後，皮膚覆蓋全身。

皮膚表面如植物發芽般長出羽毛，原本空洞的眼窩也長出眼睛，轉動眼珠瞪著周遭。

看見這一幕的人感覺經過無比漫長的時間，但實際上怪獸不到三秒就完成了。

完成的同時，３Ｄ方塊消失，怪獸落下的地方揚起塵土。

在正下方的羅伯斯千鈞一髮之際躲過被踩扁的命運，但怪獸落地的衝擊造成的強風將在塵土中的他吹飛數十公尺。

「咻嘰咿～～～～～～～～！」

怪獸朝天空發出誕生後第一聲咆嘯，頭跟貓頭鷹一樣往正後方轉，脖子彷彿要確認周遭似的往左、往右一百八十度轉個不停。

牠的外貌說得極端一點，就是腳上長有勾爪的蜥蜴搭配企鵝身體。

不能飛翔的退化翅膀前端長出兩根白色爪子。
脖子上是嘴巴內長滿細長尖牙的海豚頭。
身體前方覆蓋黑色短羽毛，如果不看牠手上的爪子和腳上的勾爪，也可說是企鵝吧。
到頭頂高度應該有二十公尺。
牠擺動自己的短腳，打算跨出一步。
但牠被學院牆壁絆倒，臉朝著艾吉得大河落下，濺起巨大水柱。
如果只是人類大小，大概只會掀起小波浪。
但這是光落在水面的上半身就超過十公尺的巨大身體。
當然也會產生和其巨大、質量相符的大浪。
在附近航行正好撞見這幅光景的人們只能呆呆眺望，無法及時應對突然出現的大浪，翻船、被拋出船外，周邊響起了震天驚叫與怒吼。
「咻嗚嘰咿～～～～～～！」
在河中沙洲的住宅區這一側，用肉體彈跳起身的凶惡企鵝怪獸再度咆嘯。
牠完全不在意恐懼而慌忙逃竄的人類，邁出歷史性的第二步踩穿棧橋，失去平衡後又往上面倒下。
大量水花與大浪再度出現。
變成碎屑飛散的有組成棧橋的木片，以及停在一旁的小船與帆船等。還有堆在那邊的木

箱與來不及逃跑的人們。

怪獸起身時還順便撈起一部分棧橋，似乎十分愉悅。

拍動牠的翅膀，宛如大笑一般發出「咻啾咻啾」的叫聲，玩耍似的削起河岸旁的棧橋增設部分。

看見怪物的人呆看著這毫無真實感的身影一陣子後，被牠的叫聲喚醒，爭先恐後逃竄。

居民以遠離艾吉得大河為優先，還有商人丟下貨品逃跑。

正搭船渡河的人們根本無法在幾波大浪中划槳，只能隨波逐流。

學院裡也出現主張「必須與從學院腹地出現的怪獸對戰」的學生。

但學院長教訓：「這裡怎麼可能有人能傷那怪獸分毫啊！」成功將學生疏散到大浪傷害相對較小的貴族區那側。

教會也同樣讓非戰鬥人員避難，神殿騎士團與懂恢復魔法的神官們分頭替被打上河中沙洲的人療傷。

貴族區這一側也能清楚看見怪獸的破壞行為，王與宰相判斷為緊急狀態，立刻讓騎士團出兵。

但就算是騎士團，想要與怪獸對戰也得渡河。

根本無法在波濤大浪的河面控制船，當然也不能渡河，騎士只能在對岸咬牙看著怪獸蹂躪。

騷動中，卡達茲、梅梅和斯卡魯格好不容易在貴族區這一側會合了。
斯卡魯格正好因為有「某些問題」發生而到王宮去。
沒想到這怪獸部分起因於母親的三兄妹最先慶幸彼此平安無事。
梅梅知道滿身擦傷的羅伯斯就在避難群眾中，嘆了長長一口氣的同時放下心中大石。
接著聽完丈夫說明怪獸出現的詳情，和卡達茲對看後開口：
「對了，記得媽媽說過河中沙洲上有個糟糕的地方之類的耶……」
「喂喂，老媽說了『糟糕』不就超驚人嗎！老姊，妳為什麼沒有問個詳細啊！」
「有什麼辦法嘛！哥哥失控又加上凱利克的事情，我根本忘了這回事啊！」
「等、等等，現在不是姊弟吵架的時候吧！那東西該怎麼解決啊！」
羅伯斯（元凶）介入兩人間，指著在對岸開心地從事破壞活動的怪獸。
雖說不知情，但這件事是他搞出來的。
所以他也想幫忙平息事端。
羅伯斯教訓後，姊弟先是直直凝視著怪獸，接著一臉為難地深思。
「糟糕，這傢伙比我們還強耶。」
「與其思考，倒不如先行動吧。卡達茲，我們至少得牽制住牠！」
「等等，妹妹，牠的注意力要是轉到這邊來，我們背後的東西也可能成為目標啊。」
「啊……」

他們的背後是「畫出『砰～～！』的音效」和「用集中線強調」的王城。

看見兄長創造出來的效果後，梅梅這才想到，維持雙手合併擊出魔法前的姿勢，全身僵硬。

男人們確信：「要是沒說，這傢伙已經直接擊出魔法了。」

「那麼，得快點到平民區那一側才行啊……」

在卡達茲低語的同時，怪獸已經把棧橋部分破壞殆盡，注意力轉向有許多棧橋的住宅區側河岸。

另一方面，閃靈賽巴和屬下騎士們前往平民區引導居民避難。

就算不因為如此，為了尋找某位人物，平民區這邊也還有好幾位騎士。

閃靈賽巴下令後，以與他巨大身體不符的俊敏朝怪獸奔馳。

不知為何，孔拉爾也跟在他身邊一起跑，而他們兩人還沒有察覺其中怪異。

「喂！那個該怎麼辦啊！」

「那還用說！當然是打死啊！」

「喂、等等！沒有術師掩護，只靠我們兩個是能幹嘛啊～～！」

怪獸毫不留情地抓起棧橋咬碎、踩爛。

兩人曾經看過這個。

在因為戰爭活動常更換所屬國家的地點當中，有丟入特殊道具就會出現的活動怪獸。至少需要超過二十個等級300多的玩家才能打倒。

閃靈賽巴在那之前緊急剎車，看著否決直接前往戰鬥的孔拉爾，像是想到什麼似的拍了一下手。

「對耶，這麼說來，你是冒險者啊。對不起，我不小心就跟以前一樣用公會為單位思考了……」

看著慎重道歉的過去的副隊長，還沒消除壞預感的孔拉爾為了確認便開口問：

「要是我沒吐槽，你會停止特攻嗎？」

「怎麼可能，當然衝上去了啊。別看我這樣，我也有身為守衛國家的騎士的自負呢。」

就算這樣說，這可不是拿突襲思考就能解決的東西啊。

如果孔拉爾不在也沒影響，那有他肯定能多少減輕閃靈賽巴的負擔。

雖然傻眼無言，記得他總是這樣的孔拉爾拔出背上大劍。

孔拉爾也知道自己嘴角揚起笑容，深深覺得閃靈賽巴這只知道突襲的笨蛋戰鬥方法還是一點也沒變。

「孔拉爾？」

「我陪你，我不討厭這笨蛋特攻啊。」

「抱歉，我欠你一次。全部結束後我請你喝酒。」

「好耶，別人請的酒最好喝了。」

兩人「呵呵呵」抖動肩膀笑著，點頭後朝著怪獸開始奔跑。

啟動好幾個短暫提升體能的【主動技能】後，往地面用力一蹬，飛躍房舍。

就這樣邊在屋頂跳上跳下邊加速。

兩人的身體染上發動武技技能的魔力顏色，拉出閃耀綠色與黃土色的線條，朝目標直線前進。

閃靈賽巴是綠色，孔拉爾是黃土色。

「對手是大怪物！用力戳牠的頭，牠就會往後倒！」

「我知道啦！」

將加速的運動能量加諸武技技能上，兩人飛上天空。

【戰鬥技能：衝突擊破（Double crush）】。

【戰鬥技能：破斬擊抗（Pike ring attack）】。

兩道流星幾乎同時朝怪獸臉部刺去，引發大爆炸。

企鵝怪獸發出哀號聲，翻了個跟斗往後倒。

和慢動作倒下的怪獸相同，因為技能後座力而還在從天空落下途中的孔拉爾和閃靈賽巴也只能看著。

因為企鵝怪獸倒下時轉了個身，打過來的翅膀朝他們逼近。

擊出武技技能後處於僵直狀態的兩人無法迴避。

巨大翅膀如球拍，他們兩人就像網球被打飛，分別被打進離河岸遙遠的民宅裡。

大河再度出現巨大水柱、巨響與大浪。

平民區裡也出現兩道民宅遭毀的飛揚塵土。

「啊～～可惡！那種怎麼能預測啦……」

閃靈賽巴推開壓在自己身上的民宅殘骸，坐起身。

鎧甲四處龜裂，銀鱗的身體也被鮮血染紅。

閃靈賽巴鞭策自己疼痛的身體從掉落地點爬出來，前往孔拉爾跌落的地點。

「喂！孔拉爾，你還活著嗎？」

呼喊他的同時聽見物品「匡啷啷」掉落的聲音，但最重要的本人毫無反應。

閃靈賽巴焦急地撥開折斷的柱子和堆積的殘骸，把孔拉爾挖出來。

斬斷粗壯的房屋主柱後終於找到孔拉爾，他滿身瘡痍，比閃靈賽巴傷得更重。

「真不愧是等級超過400耶，我的HP剩不到兩成了。」

「痛苦的話就這樣躺著，剩下交給我。」

全身鮮血的孔拉爾令人目不忍睹，但即使全身創傷，他的眼中仍有鬥志。

相同事情也能套用在閃靈賽巴身上，再怎麼說，他們都已經流過太多鮮血了。

從開了個大洞無比通風的屋頂可以清楚看見王都天空。

除了天空外，還能看見充滿鬥志想起身的企鵝怪獸的頭。

也知道看得見的頭部越來越靠近的樣子。

就在找不出好對策，兩人想著只能賭上性命用最終奧義衝上去時，企鵝怪獸的頭部發生大爆炸。

同時聽見哀號般的咆嘯，那似乎是魔法之類的引起的爆炸。

在還無法理解到底發生什麼事的兩人身邊閃耀白色光芒。

鎧甲仍舊傷痕累累，但身上受的傷慢慢癒合，疼痛感也逐漸消失。

「真是的……就算你的強大在騎士團中也是鶴立雞群，但單槍匹馬衝進去還是不值得稱讚啊。」

背後是「閃耀光輝的背景」，身穿大司祭藍色聖袍的精靈美男子和「鈴聲（鏘啷啷～）」的音效一起出現。

白光就是斯卡魯格施展的中等恢復魔法。

雖然無法全部恢復，但稍微讓隨時可能昏倒的兩人恢復體力了。

「是斯卡魯格啊，幫大忙了，謝謝你。」

「還沒結束喔。我妹和魔法師團正在河中沙洲那側吸引那傢伙的注意力，需要你們再攻擊一次，恢復與防禦就交給我們了。」

孔拉爾張大嘴看著這個說話時還「閃亮亮」、「鏘啷～～」又發光又發出鈴聲的怪人。

「喂，閃靈賽巴，這傢伙是什麼啊……」

「嗯？你不知道嗎？這傢伙就是那個有名的戀母情結大司祭啦。」

「你說誰戀母情結啊，說誰？我只是毫不保留地將我的愛全獻給母親大人閣下而已。」

「「那就叫戀母情結啦！」」

兩人連現況也忘了，忍不住開口吐槽。

閃靈賽巴&協助者孔拉德&輔助恢復成員的斯卡魯格，為了繞到企鵝怪獸的東側側面，往住宅區移動。

現在在河中沙洲上的魔法師們利用火焰與風等魔法攻擊，讓企鵝怪獸的注意力集中在北側。

那些攻擊對巨大身體來說跟小鋼珠沒兩樣，牠有時邊咆嘯邊慢慢往大河移動。

只要越過河中沙洲，北側就是王城，把牠吸引得過近也是個大問題。

「剛剛那招只減少大概兩成的ＨＰ吧。」

閃靈賽巴抬頭看著企鵝怪獸並低喃，孔拉爾露出悶悶不樂的表情垂頭喪氣。

「是抱著必死覺悟攻擊耶，聽到這個會讓人沒力……」

只靠兩個人的攻擊就能創造出這樣的傷害，已經算很好了。

缺點就是無法持續。

閃靈賽巴身上的鎧甲已經失去作用，他乾脆脫掉。

而孔拉爾則是鎧甲和武器全毀，就算要他再做出相同攻擊，沒有大劍也辦不到。

企鵝怪獸慢慢靠近河中沙洲，大型火焰彈偶爾會從西側飛來在牠頭旁邊爆炸，所以牠邊「嘎～～！嘎～～！」地咆嘯威嚇邊搖搖晃晃地移動。

配置在西側的只有梅梅一個人，但她有做到最起碼的牽制。

企鵝怪獸因為兩側的波浪狀攻擊，又左又右被耍得團團轉。

但任誰都知道，只是攻擊沒辦法解決這個問題。

他們只是遵照梅梅的指示行動，但敵人都還沒抵達預想中的位置，對抗方的ＭＰ就已經探底了。

擁有【恢復ＭＰ】技能的人只有斯卡魯格和梅梅。

雖然梅梅的總ＭＰ量比一般魔法兵多，但可以想像消耗的量遠比恢復的量多。

從河中沙洲而來的攻擊逐漸減少，要是西側的攻擊也停止，企鵝怪獸的注意力就會往住宅區而去。

就在閃靈賽巴想著「這真的只有抱著一起死的覺悟特攻了」重振精神時，有個很有質量的東西從他頭上飛過去。

那是個直徑達十公尺的岩塊。

飛來的岩塊在混亂的眾人表示「為什麼那種東西會出現在這裡」的視線注目下，直接砸上企鵝怪獸的臉！

但那不僅是直接打上，在打到臉之前還稍微往下沉，接著如同由下往上的上鉤拳攻擊般把企鵝怪獸打飛。

無法反擊的企鵝怪獸身體向後反折飛上天空，背朝大河落下，濺起巨大水花與大浪噴灑周遭。

「「咦？」」

閃靈賽巴和孔拉爾張大嘴巴，相當困惑。

轉過頭去凝視怪獸沉下去的位置後，又轉過頭朝向前方。

在這之中，只有斯卡魯格眼睛「閃亮亮」地發出光芒，小聲說：「看來是趕上了啊。」

不管怎樣，雖然被這個不知打哪來的岩塊重擊，怪獸仍然健朗。

儘管搖搖晃晃沒辦法穩定脖子，還是努力站起身來。

只有頭往左往右不停搖擺，但這不妨礙牠行動。

「還能動啊。」

「不，比起這個，剛剛那個是從哪飛來的啊？」

從震驚中打起精神，孔拉爾眼神銳利地凝視怪獸。環顧四周的閃靈賽巴發現斯卡魯格雙手環胸一派輕鬆。

「怎麼了？你知道剛剛那個是什麼嗎？」

「是啊，這表示那個威脅已經不再是威脅了。」

看斯卡魯格周遭纏繞著「閃閃發亮的光輝」，不明就裡的孔拉爾和閃靈賽巴面面相覷。

奇妙的是，隔著怪獸的另一邊，魔法兵用奇異的視線看著梅梅，梅梅告訴他們戰鬥已經結束。

就在大家一頭霧水時，晴朗無雲的天空突然降下巨大轟雷。

只有一小群人瞬間摀住耳朵。

大多數的人都只能蹲下身、別過頭去應付那震響五臟六腑的轟聲與吞噬怪獸的光芒。

遭轟雷焚燒的怪獸就這樣站著被燒得焦黑。

接著，牠的腳邊噴出將牠巨大的身體完全包覆的火柱，怪獸瞬間化身成巨大火炬。

照亮周遭的火炬除了怪獸的身體外，沒對其他東西造成影響，與出現時相同，彷彿被河面吸走般消失。

只留下焦黑碳化的巨大屍骸。

那個屍骸也在轉眼間崩毀，變成粉末飛散在空中消失。

親眼看見這不可思議現象的人們搞不清楚來龍去脈，只能困惑。

怪獸是為了什麼出現？

怪獸為什麼要破壞城市？

毀滅怪獸的雷和火焰是什麼？

與這件事有關的人們還有許多疑問，但大家都實際感受危機已經過去了。

有人鬆一口氣跌坐在地，有人想到接下來的事情而煩惱，也有人已經開始為重建展開行動。

一度被逼入絕望深淵的居民們在站起身往前走的人帶領下，開始找回過去的生活。

在這之中，只有孔拉爾和閃靈賽巴知道雷和火焰是什麼現象。

「那個是……」

「雷系最高等魔法和火焰系的最高等魔法吧？」

現在世界的魔法系統與遊戲中的魔法完全不同，所以只有他們兩人確信這是玩家施展的攻擊。

不對，只有斯卡魯格和梅梅知道那個攻擊是誰發出的。

事情要回溯到怪獸出現那時。

開端是梅梅和卡達茲收到了發訊者不明的【心電感應】的一段文字。

上面只寫著「葵娜從東邊朝城市接近中」。

因為【心電感應】技能是只有血緣關係者有辦法接通的技能，兩人都對這個感到相當奇怪。

雖然傳訊者很詭異，但沒有傳給斯卡魯格這一點和卡達茲的評價相呼應。

如果斯卡魯格知道這件事，可以輕易想像他肯定會立刻跑出去。
要是大司祭背對著怪獸衝出城市，居民們的不安會一口氣轉為恐慌吧。
於是梅梅提議，乾脆盡量將怪獸引導到大河上，讓葵娜給牠最後一擊就好了。
卡達茲就負責向母親傳達這件事情。
而斯卡魯格則是前往支援唯一可能對抗怪獸的閃靈賽巴騎士團長。
梅梅以前王宮魔術師的身分，接下帶領魔法兵用魔法吸引怪獸注意的任務。
對手沒有遠距離攻擊的手段可說是不幸中的大幸吧。
卡達茲從貴族區這一側的東門附近搭小船渡河，穿過連結街道的城市東側。
運氣很好，卡達茲在離費爾斯凱洛不遠的東邊通商道途中順利和葵娜會合。
葵娜完成任務後也沒什麼急事需要趕著回去，她原本打算悠哉地慢慢晃回去。
但是妖精妹妹一直拉她的頭髮和衣服催促她快點回去。
「嗯，我們快點回去吧。」
「咦？葵娜小姐，怎麼了嗎？」
「感覺費爾斯凱洛似乎發生什麼大事了。」
「「咦咦？」」
葵娜認為妖精妹妹的直覺或許有什麼根據，決定以盡早回費爾斯凱洛為優先。
葵娜再次召喚出澤亞狼，讓兩人坐上去後命令狼「載她們到費爾斯凱洛附近」。

多虧如此，轉眼間就回到費爾斯凱洛，幾乎讓人對「一開始那兩天的行程到底怎麼一回事啊」感到頭痛，一回來就遇到走投無路的卡達茲，聽到他的報告嚇一大跳。

「你說有人喚醒了河中沙洲的活動怪獸？」

「啊，是啊，現在老姊他們牽制住怪獸，但也沒辦法一直撐下去。」

「一兩個等級３００的人怎麼可能贏得了！那兩個孩子在想什麼！卡達茲，你照顧這兩個孩子一下！」

「啊、咦？老、老媽？」

葵娜將兩人託給卡達茲後就飛奔而去，在住宅區前方附近找到正受到波浪式攻擊夾擊的活動怪獸。

和面對盜賊時不同，葵娜認為不需同情對方也不用煩惱判斷後，立刻召喚【銀環】。連【雙重吟唱（Double spell）】和【增幅（Boost）】都用上，拋擲岩塊過去後，慎重起見，葵娜隱身從上空施展最大威力的最高等雷擊魔法與最高等火焰魔法。

等級高達４００的企鵝怪獸，在遊戲金字塔頂端的技能大師兼突破極限者使出全力攻擊下，也不過是個小嘍囉。

在葵娜不為人知大肆破壞一番離去後。

不知其中緣由的居民們在狀況平穩下來後，開始說著拯救城市的雷鳴是神明降下的奇蹟，異口同聲朝天獻上讚神歡聲。

葵娜回到倫蒂等人身邊時，看見兩人看著城市的方向瞠目結舌而歪過頭。

「這兩個人怎麼啦？」

「大概是被老媽的魔法嚇傻了吧。」

這裡已經近得可以看見費爾斯凱洛東門了。

早知內情的卡達茲一副「時至今日也沒什麼好驚訝吧」的樣子，但看見從天而降粗壯雷柱和與之媲美的炎柱後，已經超出梅伊和倫蒂的感情理解範圍了。

「那、那個是葵娜小姐一個人弄出來的嗎？」

「現在回想起來，拿至玉之杖出來就好了啊。」

「老媽，我覺得她不是在問這個喔。」

總之，先向照顧兩人的卡達茲道謝，一行人若無其事地穿過費爾斯凱洛東門。

但也並非完全若無其事，原因就在脫口而出這句話的卡達茲身上。

「話說，老媽，妳為什麼和公主在一起啊？」

「咦，不小心就這樣了。」

「…………」

葵娜一臉不可思議地看著抱頭煩惱的卡達茲，梅伊和倫蒂對此發顫。

「那個，葵娜小姐，這樣說好嗎？」

「咦，要直說幫妳們離家出走比較好嗎？」

「哇啊啊啊！葵娜小姐，妳怎麼就這樣說出來了啦！」

看著梅伊慌張地揮動雙手焦急的樣子，卡達茲因苦惱而皺起臉。

被夾在中間的倫蒂畏怯地開口對卡達茲說：

「那個，很不好意思，卡達茲大人，把您捲進我們的事情當中。」

「不會，這是無所謂啦，老媽做出的事我也插不了嘴。」

「咦咦咦咦，你竟然對媽媽的行動沒有想法，這太讓我傷心了。」

「老媽，拜託妳閉嘴。」

被一臉為難的兒子警告後，葵娜呵呵笑著，拍拍卡達茲的頭。

卡達茲相當沮喪，他在梅伊等人面前都沒了身為年長者的威嚴了。

倫蒂對這給人溫暖印象的母子對話苦笑。

梅伊也說：「平常一臉嚴肅的卡達茲大人也有困擾的時候啊。」卡達茲雙手環胸，別過頭去。

葵娜帶著捉弄卡達茲的笑容對梅伊說：「下次還想要我護衛的話，就要拿著酬勞透過冒險者公會委託喔。」

「什麼，要收錢嗎？」

「這次是因為倫蒂也在，我才接下，但我可不要再次幫忙綁架公主啊。」

「還真是不放過賺錢機會呢，不愧是葵娜小姐。」

「錢讓阿蓋得先生付比較好嘛。」

多虧有這場騷動，身邊來來去去的人都沒注意到葵娜等人的對話。

卡達茲無奈地歪過頭，看見母親一如往常連一般人絕對會有疑問的事情也不當一回事的樣子，他放心了。

「哎呀，老媽就是這樣。只要別一開始擺出『我有權有勢啊～～！』的態度就會全部接納，還好公主遇到的人是老媽。」

「要是對方一開始就一副『我是貴族，我超了不起』的態度，那我就會詛咒他，把他變成豬。」

「哼哼。」葵娜當成小事一樁，挺胸蒙混過去。

這無比自信的模樣，讓兩人靠近卡達茲確認葵娜的發言真偽。

「她那樣說耶。」

「葵娜小姐討厭貴族嗎？」

「她說了就會做。要是在老媽面前耍權力可能會死無全屍吧。」

看見卡達茲用極為普通的認真表情回答，兩人臉上頓失血色。

遠遠看見怪獸變成火柱已經讓她們啞口無言。

想到要是人類遭受那種攻擊就不寒而慄。

光是在等待時從卡達茲口中聽到的狀況，也知道是魔法師團＋梅梅＋動真格的騎士團長＋斯卡魯格＋其他陣容。

這麼多人齊力還打不倒的怪獸，葵娜施展三發魔法攻擊就解決了。

實力差距清楚可見，想到要是和認真的她為敵，就讓梅伊全身發顫。

即使覺得葵娜恐怖也不會想要否定，是因為梅伊知道在這三天的共同行動中，她真的很細心護衛自己和倫蒂。

晚上替她們排解恐懼，移動時也常常和她們說話、提醒她們注意。

「看，有人來接妳們了喔。」

葵娜指著前方四個人影說。

是全身破爛不堪的閃靈賽巴和他的屬下。

同樣全身破爛的孔拉爾和抱著某種圓圓的東西的斯卡魯格，站在人跡杳然的一角等待一行人。

「兩晚不見您的身影，您的父親相當擔心您。」

「不好意思，我太輕率了。」

閃靈賽巴接過梅伊和倫蒂之後，唸了她們幾句，兩人也跟著低頭。

葵娜側眼看著這一幕，從斯卡魯格手上接下圓形物品。

這個散發與金不同光輝的東西比外表來得輕盈，大約是成熟西瓜大小。

「怎麼，這不是神鐵(Orihalcon)嗎，為什麼要給我？」
「母親大人閣下，這似乎是剛剛那頭怪獸掉下來的東西，他們兩位都說不需要，所以就給母親大人閣下。」
葵娜皺起眉頭看著破破爛爛的兩人。
兩人沒有鎧甲也沒有武器還全身是傷，身上四處都是乾涸的血跡。
而且因為葵娜對孔拉爾有在冒險者公會見過的強烈印象，這副模樣更讓她掬一把同情的眼淚。
葵娜想著，這兩個人應該比她需要吧。
孔拉爾承受這道視線後苦笑回答：
「我們沒有加工這東西的技術，而且打倒的人是妳吧。那麼，妳拿走比較好。」
「嗯～那我做些什麼吧，想要什麼？」
「妳能做嗎？」
「嗯，我不缺武器。看你似乎沒有劍，那做把劍吧？」
「妳還真是大方啊，之後向我要加工費我也付不起喔。」
孔拉爾疑惑的視線讓看不下去的斯卡魯格插話。
「你是叫孔拉爾吧。母親大人閣下難得好心這樣說，你的態度也太失禮了吧。」
「不、不是啦，疑心不重一點可當不了冒險者，小姑娘，不好意思啊。」

孔拉爾看見斯卡魯格眼中的「目光凶狠瞪視的狼」後，害怕地老實向葵娜道歉。

葵娜一拳打在斯卡魯格頭上。

「喂。」

「但是，母親大人閣下。」

「別說了，你快點回去工作，不是出現了很多傷患嗎？」

用眼神訓斥不甘願的兒子，讓他乖乖回去工作。

看見變成一隻垂頭喪氣的小狗，心不甘情不願地離開的斯卡魯格，閃靈賽巴捧腹大笑，梅伊也忍俊不禁。

「還有，我和閃靈賽巴有事想對妳說，明天可以占用妳一段時間嗎？」

「明天啊，沒問題。然後，卡達茲陪我一下，告訴我因幡的黑兔這家店在哪。」

「那什麼啊？」

「葵娜小姐，是黑兔的白尾亭喔。」

「啊～～對啦，順便也去梅梅那裡露個臉吧。」

一左一右被騎士包夾的梅伊提醒葵娜說錯店名後，用端正的姿勢低頭道謝：「非常感謝您的照顧。」

閃靈賽巴有點驚訝地來回看著公主和葵娜。

葵娜朝梅伊輕輕揮手，在卡達茲的陪伴下離開。

卡達茲看見母親把王族當普通人對待，十分不解為何她能那樣一如往常地舉止自然呢？

「話說回來，妳要去貴族區的餐廳幹嘛？」

「我接下他們尋找食材的委託啦。」

「那為什麼會變成和公主同行啊……」

「誰知道啊？」

卡達茲從露出愉悅笑容裝傻的葵娜身上感到什麼恐怖的東西，決定不繼續追問。

因為感覺追問到最後，她就會用詢問姊姊私事時會出現的冷淡視線來看他。

一想到母親用看著不屑之物的眼神看自己，就讓卡達茲不寒而慄。葵娜和卡達茲渡河，完成委託後直接往學院前進。

因為卡達茲還要回工坊善後，兩人在此道別。

順帶一提，大河的渡河生意把還能用的船全聚集起來正常營業中。

雖然還留有混亂，人類還是精力充沛地繼續工作，讓葵娜佩服：「人類真是堅強呢。」

河中沙洲上的建築物只是被大水淋濕，但在建築物外目擊那個怪獸的人被大浪捲走，有一半以上下落不明。

被大河吞噬後再怎樣也找不回來，所以被派遣到街上的士兵們和居民協力整理港灣區。

「……妳為什麼躲起來啊，梅梅？」

「那、那個……這個，該怎麼說才好呢……」

學院裡，羅伯斯和躲在他身後的女兒前來迎接，讓葵娜露出苦笑。

梅梅從兒子那聽到葵娜的抹殺宣言後就沒和葵娜見面，這也難怪。

正因為抱著一見面就會被打飛的覺悟，梅梅看見母親沒特別舉動，反而感到困惑。

「算了，雖然我對妳沒告訴我孫子的存在就拿信要我轉交這件事很生氣，但那兩個人是很棒的孩子，反而要感謝妳。」

「喔……」

葵娜看著搗胸鬆了口氣的梅梅，咧嘴笑著補上一句：

「而且啊，與其和妳，倒不如和那兩個孩子感情好一點還比較有趣。他們不會作怪又乖，還有很多人脈可以幫忙。」

「對不起對不起媽媽不要把我丟掉！」

看著梅梅邊哭邊抱住母親的腰，羅伯斯確定了。

妻子有點壞心眼的個性絕對是遺傳。

羅伯斯和摸著撒嬌女兒的頭露出溫柔微笑的葵娜對上眼，看見葵娜朝他一笑要他安心，心臟不禁漏跳一拍。

接著發誓他會把不小心感到心動的事帶進墳墓，絕不會告訴妻子。

「……那麼，是在哪啊？」
「啊、啊啊，在這邊。」
羅伯斯甩頭把剛剛的事情趕出記憶，領著葵娜往校區角落走去。
因為腹地不大，一下就走到了，周圍被挖得亂七八糟，像被轟炸過。
又是出現怪獸，又被大浪淹沒，這也是當然吧。
雖然其他兩人看不見，但葵娜眼中明確看見了那個。
與黑國的採取點相同，「？？？」的符號就飄在半空中。
妖精妹妹難得在人前飛離葵娜的肩膀，靠近那東西。
她想伸手碰卻穿了過去，妖精妹妹嚇得躲回葵娜的肩頭。
她似乎以為那是妖怪還是什麼，梅梅和羅伯斯當然看不見這一幕。
葵娜記得朋友說過這邊的啟動物品是液體。
奇奇也記得這部分紀錄，確認無誤。
聽到裡面是混合羅伯斯大量失敗品的不知名液體，葵娜推測材料中應該包含關鍵物品。
關鍵物品無法利用技能製作，而是要透過與專門ＮＰＣ（非玩家角色）交換材料才能獲得。
這場騷動的元凶也是近乎奇蹟的偶發之物吧。
葵娜稍微思考後，用爆裂魔法朝採取點地面挖一個洞，但飄在半空中的符號沒有消失。
突如其來的行動讓女兒夫妻嚇壞了。

「嘛、嘛嘛嘛、媽媽！」

「怎、怎麼啦？發生什麼事了？」

「嗯～～沒有消失耶。把整個河中沙洲炸掉就會消失嗎？」

超乎想像的爆炸性發言讓夫妻全身顫慄。

因為他們知道一擊消滅怪物的不是神明的力量，而是葵娜的傑作。

手指抵著額頭露出難解表情的葵娜轉過身時，兩人往後退了一步，當然是因為恐懼。

「梅梅？」

「是、是的！媽媽，有什麼事？」

「把這邊弄成誰都不能靠近的禁區，也要好好向騎士團還有上面的人說明喔。如果又發生相同事情……」

「發、發生時會怎樣？」

「……那就只有把整個河中沙洲炸掉沉進河底了，為了預防被亂用。」

「好！我會設下結界加以隔離，不管誰靠近都會把他丟進大牢裡！」

梅梅立正站好接下母親的要求，接著為了辦理手續，立刻離開現場。

梅梅動作快得讓葵娜忍不住噗笑出聲，轉過頭看從見到時就一臉失望地在想些什麼的羅伯斯。

「然後，你看起來像是想問些什麼？」

「……這個嘛，關於這場騷動發生的理由，是我想和葵娜閣下一樣製作魔法藥水。」
「什麼？」
葵娜深思羅伯斯沒頭沒腦的話一會兒，這才理解地拍手。
「啊啊，你想用【製作魔法藥水Ｉ】的技能啊？」
「是的，我從卡達茲閣下那裡聽說『技能』這東西是妳在管理，可以請妳讓給我嗎？」
「嗯～～原本是要通過考驗才可以，但是你應該也不會亂用，好吧。」
葵娜拿出羊皮紙和墨水，做出光球，執行【製作卷軸】。
過沒多久，就把一張用當地古代文字寫成，類似獎狀的卷軸遞給羅伯斯。
「只不過，前提是你得先『看得懂』才行。」
聽到這句似懂非懂的話，羅伯斯道謝，接過卷軸。

◆

接著到了隔天。
閃靈賽巴告訴葵娜的聚會指定地點，就是競技場前的廣場。
因為約在下午，葵娜吃完午餐後離開旅店，暫時消失蹤影。
再次回到這裡時，像辦完什麼大事似的輕聲說：「這樣就可以了。」

接著前往競技場，兩人早已等在那邊了。

而且不知道為什麼只有孔拉爾表情極度疲憊，憔悴地坐在一旁的岩石上。

彷彿燃燒殆盡變成灰的運動選手。葵娜開口問閃靈賽巴：

「為什麼只有孔拉爾先生累成那樣啊？」

「喔，他因為有功，早上被叫去王城……然後被說了很多禮法，才會那麼累。雖然大賺了一筆獎勵金啦。」

「原本也打算找妳去，但因為斯卡魯格猛烈反對就算了。」

聽說斯卡魯格反對的理由是：「再怎麼說，母親大人閣下也是高等精靈。要是被人類王族『召喚』來謁見，會讓人類和精靈族之間產生嫌隙，造成麻煩事態。」

而且人民也認為那是神明力量，就當沒這回事了。

雖然公主親口證實，但宰相出口阻止：「不可以讓能施展那種驚人魔法的魔法師進入王城。」

（是阿蓋得先生啊……）

就算公主不報告，他也是派出暗衛監視葵娜動向的了不起人物。

葵娜也想著不能讓玩家之間的對話被聽到，前一刻才找出暗衛將他五花大綁而已。

葵娜用繩子纏繞好幾圈後，把他丟在建築物屋頂，要是被誰發現也只會以為他是個有特殊性癖的人吧。

不過是因為葵娜還貼了那種內容的紙就是了。
雖然認為沒人能逃過奇奇的探知能力，但葵娜還是在廣場布下強力的【隱蔽結界】。
葵娜對驚訝的閃靈賽巴解釋可能有暗衛跟著她的事情。
「有暗衛跟著小姑娘啊？」
「某個自稱宰相的大叔跟我說一聲後就讓人跟著我啦，我們之間的對話要是被聽到也很麻煩。」
確實，旁人聽見應該也不知道其中意義，但如果被誤會有什麼陰謀也很麻煩。
兩個男人點頭說著「沒錯」，首先自我介紹。
「那麼，我叫閃靈賽巴，直呼我的名字就好。我是隸屬『銀月騎兵』公會的副隊長，等級427。」
「我叫孔拉爾，和他同一個公會，等級392。」
鏗鏘打響白色鎧甲的閃靈賽巴，還有金屬鎧甲因為昨天一仗全毀而換上備用皮革鎧甲的孔拉爾。
聽見這個有印象的公會名稱，葵娜腦中浮現了乳牛紋的龍人。
「銀月騎兵？和京太郎同一個公會嗎？」
「妳和我們的公會長認識嗎？」
「嗯，有點交情。我叫葵娜，要叫我小姑娘還是什麼的都無所謂。所屬公會是『奶油乳酪』。」

「「噗！」」

聽見葵娜所屬公會的兩個男人同時發出噗聲。

葵娜看著孔拉爾臉頰抽搐慢慢往後退，確定了：「啊，這是知道我們公會成員職責的態度啊。」

「我什麼也不會做啦。」

「真的假的……」

這個公會相當有名，不認識的人還會被叫成「潛水員」呢。

就連成員之一的葵娜也有自覺。

因為隸屬公會的十八位成員全是擁有遊戲管理者權限的突破極限者。

只要在他們面前做壞事，帳號就會被停權，公會名稱本身已經變成恐怖的代名詞了。

對此，閃靈賽巴恍然大悟，發現什麼了。

「等等！認識我們公會長，又是隸屬奶油乳酪的高等精靈？妳該不會是那個『銀環魔女』吧！」

下一秒，閃靈賽巴頭上出現三個天使，高聲吹奏喇叭，一邊灑落白色羽毛一邊轉圈圈。

這是葵娜施展的【美麗灑落的玫瑰(凡爾賽玫瑰)】的技能效果。

「呃，這個技能……」

「恭喜你答對了～～！」

葵娜突然極度不悅地散發出恐怖氛圍。

扭曲的嘴角飄散不可大意的氣息，用不帶笑的口氣從道具箱中抽出一根魔杖。

立刻發現那是什麼的孔拉爾尖叫著倒退一步。

「我的媽呀，至玉之杖？妳拿那個出來要幹嘛啊！」

「我超討厭那個不光彩的稱號。如果你們現在立刻忘記就沒事，如果忘不了……」

男人們發現拿好魔杖的葵娜眼神十分認真，拚命點頭表示了解。

葵娜懷疑地看著他們的動作一會兒，才把魔杖收起來，吐了一口氣。

「以後要是再講出那個名字，我就不警告，直接攻擊了。」

「知道了，知道了啦，把那個眼神收起來！」

「也就是說妳……葵娜是突破極限者嘍，而且還是技能大師。」

「沒錯沒錯，我是技能大師No.3的葵娜，只要接受考驗，我就會讓渡技能喔。」

脫離生存危機的閃靈賽巴和孔拉爾重重嘆了一口氣後，全身乏力。

正因為是受使用者魔力影響極大的道具，要是直接被那種東西攻擊，等級相差近700的孔拉爾只需一擊就會變成炭灰。

閃靈賽巴也暴露在類似風險中，所以無法掩飾不知所措。

總之，老實地對葵娜把武器收起來感到安心。

「然後這個，昨天答應要給孔拉爾的貨。」
「妳那個說法好像什麼走私品喔……」
葵娜從道具箱中拿出大劍遞給孔拉爾。
孔拉爾接下，確認劍的數值後大為驚訝。
「這、這是什麼啊～～！」
「什麼什麼！你得到什麼了？」
閃靈賽巴從旁邊探頭，接過劍看了一眼數值後也忍不住屏息。
「聖戰士之魂（walhalla）？這不是大劍中的最頂級武器嘛！」
「那有提升所有數值的效果，還是聖屬性的武器啊。下次不會那麼容易壞掉了。我手邊也有金剛石、鋼玉之類的材料，所以還順便升等了，是我使出渾身解數製作的作品喔。」
兩人表情像在訴說：「這可不是一句『渾身解數之作』可以形容的啊。」
「哼哼。」葵娜驕傲地挺胸。
要是在遊戲中販售，也是能賣到七千萬及耳的高價商品。
換算成現在世界的貨幣，相當於七十萬枚金幣。
「可惡，太羨慕了吧！喂，沒有第二把嗎！」
「沒材料了。」
其實有從奧普斯的倉庫拿來的材料，但葵娜決定裝傻。

從閃靈賽巴不停踱步悔恨的樣子可以理解這是大劍手相當垂涎的武器。
「閃靈賽巴已經有武器了吧。」
「這是騎士團的配給啦！」
一時間因為談論武器而氣氛熱烈，但閃靈賽巴中途重新打起精神，強硬換了個話題。
「總之，我想交換各種資訊。我到這個世界也才經過三年而已……」
「副隊長那麼短啊，我可是待十年了耶。」
「要說的話，我也才兩個月。比起這個，我比較想知道里亞德錄終止服務的事情耶。」
葵娜的疑問讓兩人面面相覷，露出疑惑表情。
「等等，妳不知道里亞德錄終止服務的事？」
「嗯，我最後的記憶停留在五月底左右。」
「里亞德錄是在年底最後一天結束的，為什麼半年前登入的人會出現在這啊？」
「因為我在玩遊戲時死掉了嘛。」
「「啊啊，原來是這樣啊……什麼～～！」」
為了安撫當葵娜是鬼而臉色慘白的兩個男人，葵娜稍微說明。
現實生活中，她因為事故後遺症，只能躺在床上。
推測因為落雷導致維生裝置出問題，葵娜的精神逃進遊戲中了。
醒來時，她人出現在最後存檔的地點，也就是自己樓塔附近的邊境村莊裡。就這樣挑重點大致說明。

聽完後，孔拉爾一臉理解地點點頭。

「也就是說，有一陣子謠傳有人在玩遊戲時死掉，那就是妳吧？」

「呃，什麼？竟然傳出去了？我還以為叔叔絕對不會讓這種事情傳出去耶。」

似乎是出現「有人在玩遊戲時死亡」的謠言後，營運里亞德錄的公司遭母公司施壓，就在百般討論下決定結束服務。

玩家知道這件事情時，已經沒有轉圜餘地了。

據留到最後的閃靈賽巴所說，他隨便找人組小隊，開心狩獵到最後一刻，發現已經超過服務結束時間時，只剩自己一個人孤單站在街道上。

似乎沒有發現其他成員也到這邊的跡象。

「嗯～～也就是說不明白詳情嘍。」

「再怎樣也不知道營運商和母公司的事情，我頂多知道這些吧。」

「那麼，詳情也只能問妖精妹妹嘍～～」

「「妖精妹妹？」」

葵娜說出的怪異名詞讓兩個男人面面相覷。

葵娜好不容易說服不想露面的妖精妹妹，讓她出現在閃靈賽巴和孔拉爾面前，兩人瞪大眼睛。

「這是什麼啊！」

大概是被大聲量嚇到，妖精妹妹用眼睛追不上的速度迅速逃回葵娜肩膀上。

看來玩家似乎可以看見妖精妹妹。

葵娜對滿頭問號的男人們解釋來龍去脈。

閃靈賽巴好奇地伸出手，但妖精妹妹已經嚇到根本不願露面。

「奧普歌德修特荷馬？沒聽過耶。」

「又名『里亞德錄的孔明』之類的啦……」

「唔呃，那傢伙啊！我有為了閃躲滾過來的大木頭，結果被連著木頭的繩子絆倒，不只被拉到山腳，還和大木頭一起掉落谷底死掉的記憶……」

大概是擁有相同的記憶，閃靈賽巴拍拍回想起這件事覺得羞愧而沮喪的孔拉爾的肩頭，搖搖頭。

兩人凝視彼此後，緊緊擁抱一起啜泣。

被丟在一旁的葵娜看著這目不忍視的畫面，不小心說出真心話。

「這什麼小短劇啊……」

「「我們是擁有相同傷痛的同伴啦！」」

果斷是很好啦，但也不需要在這種地方出櫃吧——葵娜傻眼得一句話也說不出口。

感傷結束後，葵娜和兩人登錄為好友。

這有只要知道名字不管到哪裡都能聯絡上的功能。

只不過，在沒有營運商支援的這個世界中，不知道距離多遠還能通訊。

但說起這個，就連每個玩家具備的功能到底是怎麼維持動作的也不明白。

和葵娜剛到這裡時的不安相比，已經好上太多了。

「對了，我一直很好奇，說什麼妳兒子之類的，那是什麼啊？」

「妳說妳才來兩個月，那斯卡魯格閣下和卡達茲閣下是怎麼一回事啊？」

「也沒什麼，那些孩子就是那個啦，養子系統。梅梅甚至在這兩百年間生了小孩又有孫子耶……因為這樣，我才幾歲就被叫外祖母、曾外祖母了。雖然已經習慣了……」

「那個獨特技能就是這樣來的啊……」

「嗯，不知道為什麼，斯卡魯格似乎對施展【美麗灑落的玫瑰】很有天分。」

「別讓他們學那種東西啊。」

孔拉爾目不轉睛地看著聳聳肩一臉厭煩地說明的葵娜，「啪！」地拍了一下手。閃靈賽巴也是，雖然龍人難以分辨表情，但他明顯冷汗直流。

「我有兩個人類養子，關係也是徒弟之類。」

「……糟糕，我記得我好像創了同族的弟弟，還有個精靈好朋友。」

「閃靈賽巴的精靈可能還活著，孔拉爾去找找，說不定可以找到孔拉爾流派的劍術道場之類的耶。」
「呃，這流派也太討厭了吧……」
孔拉爾抱著頭呻吟。
無法置身事外的閃靈賽巴也開始煩惱要是遇到本人該怎麼辦。
葵娜只是旁觀，心裡想著：「最好跟我一樣大為驚慌失措吧。」
孔拉爾慢慢靠近滿不在乎地進入旁觀狀態的葵娜。
「欸，葵娜，我想要技能耶……」
「說來參考一下，什麼技能？」
「……恢復魔法。」
「你沒有嗎？」
閃靈賽巴率先露出一臉表示「這傢伙是笨蛋」的表情吐槽。
【恢復魔法】是連線、離線狀態都有極為簡單的活動可以獲得的技能。任務也很簡單，任誰都可以在一小時內解決。
沒有恢復魔法的玩家反而是稀有動物。
令人意外，這裡就有隻稀有動物，葵娜和閃靈賽巴都一臉傻眼。
「那麼請接受考驗吧。有人來要，只說一句『喔，這樣啊』就給出去，這樣可是會打壞技能大師的名聲耶。」

「唔哇，超小氣。又沒關係，這裡已經不是遊戲了啊。」

「沒差吧，就算沒有技能，你都比普通冒險者還厲害啊。」

「嘖，就看在同為玩家的分上給我啦。」

孔拉爾不只口出惡言，還開始耍賴。

「葵娜的樓塔在哪啊？」

閃靈賽巴稍微思考後詢問葵娜樓塔的位置。

「嗯～～東側外殼通商道的國境再稍微往南邊的森林裡的銀色樓塔。技能大師同伴們常說我的考驗最輕鬆。」

至少遠比奧普斯樓塔的「無處不陷阱的超級陷阱地獄」好上幾百萬倍。

讓挑戰過的玩家來說，奧普斯的樓塔就是「可以體驗一百零八種死法的地方」。

連同伴們也給出「那是十三座樓塔中最惡劣的一個」的高等惡劣評價。

死亡會在尋常的日常行為中見縫插針降落，常被稱作「惡意與殺意之館」。

「好遠喔……」

「確實有點遠。」

葵娜指著身後的競技場，對抱怨的孔拉爾和不能離開王都的閃靈賽巴說：

「順帶一提，這個是京太郎管理的樓塔。」

「什麼～～！」

「竟、竟然近在咫尺！」

「我是不知道考驗內容，不過應該可以啟動。他本人不在，現在是我在管理，應該可以用。」

日後才搞清楚競技場樓塔的考驗是「和自己的複製人二對一對戰」。

葵娜告訴兩人，守護者之塔現在因為啟動魔力不足而處於停止狀態。

因為葵娜也沒掌握所有樓塔位置，現在正在找，拜託他們如果有頭緒或是發現了可以告訴她。

對此，一臉不懷好意的孔拉爾邪笑著立刻上鉤。

「好耶。那麼葵娜，如果找到了就拿技能來交換吧！」

「來這招啊～～嗯……說的也是～～好吧。」

「太棒了！」

「你是小孩嗎……」

看著孔拉爾擺出勝利姿勢跳來跳去，閃靈賽巴只能無言以對。

先說清楚，孔拉爾是年過三十，可以分類為大叔的人。

孔拉爾拿出地圖，指著費爾斯凱洛與黑魯修沛盧國境附近的海岸沿岸。

「這邊的海岸線有漁村，聽潛入海中捕魚的村民說，他們在海中看過宮殿。這夠有價值交換了吧！」

「海中宮殿，那就是李奧德克的樓塔吧～～」

葵娜一臉嚴肅地沉思後，用【製作卷軸】做出【單體恢復魔法：Dure】交給孔拉爾。

孔拉爾還以為葵娜會刁難，所以愣了一下。

閃靈賽巴看著愁眉苦臉的葵娜，想著「難不成」便開口詢問。

「難不成妳不會游泳？」

「咦、嗯，其實就是這樣，我在現實生活中幾乎沒有游過泳～～」

「什麼啊，都一把年紀了還不會游泳～～」

「喂，孔拉爾，不可以這樣侵犯人家隱私。」

閃靈賽巴戳孔拉爾要他閉嘴。

就在兩人互相怒視時，葵娜單手飄浮著一個火球介入兩人之間。

「你們兩個為了我吵架是要幹嘛啦，要是不停下來，我可要砸出去了喔。」

「喔，好啊，我學好恢復魔法了，儘管來吧！」

孔拉爾不知何時已經用完卷軸，葵娜看著莫名興奮地跳來跳去的他，抱頭苦惱。

看見這魔法也不知道有多厲害，那根本無從威脅起啊。

閃靈賽巴雙手抱胸嘆氣，給什麼也不懂的孔拉爾忠告。

「你啊，被那個砸到，可能不只受傷而已耶。」

「咦？真的嗎？」

飄浮在葵娜手上的火球裡有一頭鬃毛像獅子的炎獸。

【炎獸彈（Igua beast）】發射後，直到咬住對象咽喉、熊熊燃燒為止，會追著對象到天涯海角。自動鎖定目標，不管是空中還是水中都能勇往直前，在打中前不用【瞬間移動】離開，就絕對會被打中。

戰爭活動時，公會的前鋒太強大了，所以這是無事可做的葵娜唯一展現身手的魔法。

「對不起，我錯了，請原諒我。」

「呃，只是單純嚇嚇你而已，不用道歉沒關係……」

比起游泳，葵娜反而比較擔心樓塔守護者。

技能大師No.6李奧德克雖然是位女性，但她是個與可愛、漂亮毫無緣分的玩家。

真要說起來，她比較喜歡蒐集噁心得可愛、怪奇之物的人。

說她使用召喚魔法時大多召喚節肢動物或兩生類應該比較好理解吧。

因為她比起龍，更喜歡軟體動物及甲殼類動物，一想到不知道有多噁心的東西在等著，就讓她心情憂鬱。

「啊啊，那我先回去工作了，我不能離開太久。如果有事就來王城找我吧。」

「那麼，我也回去同伴那。葵娜，我們公會見嘍。」

「喂，叫我去王城……我去了就能進去嗎？」

將近太陽西沉的傍晚時分，閃靈賽巴抬頭看天空確認大概時間後，敲響背上大劍向葵娜表示先解散。

孔拉爾也跟著離開。

葵娜點頭朝兩人輕輕揮手，看著要好地並肩行走的兩人，感到有點羨慕。

「真好啊……」

在她欣羨地看著兩人時，妖精妹妹從肩頭飛出來磨蹭她的臉頰。

似乎是在安慰葵娜。

葵娜雙手捧起妖精妹妹，摸摸她的頭，她舒服地瞇起眼睛。

「嗯嗯，謝謝妳。」

偶爾會堅強地安慰葵娜不孤單的妖精妹妹讓葵娜露出笑容。

因此，葵娜警戒周遭的注意力也變得散漫。

聽見搭檔奇奇的『背後……』這句警告而回過神來的葵娜，左手朝後方用力揮過去。

有個藍色東西伴隨「叩！」的打擊聲與「哈吧噗！」的丟臉驚叫聲飛出去。

「呃，咦？……那、那是？」

與左手護臂融為一體的銀弓是罕見道具，硬度可是首屈一指。

就算不展開也能當盾牌、當打擊武器使用的護臂，似乎狠狠打在從後面偷偷靠近的人物身上。

葵娜轉過頭，視線前方看見身體彎成く字形，倒在地上口吐白沫的斯卡魯格。

從兩人的身高差距來看，護臂的弓部分應該狠狠朝他的肚子戳下去了吧。
「哎呀～～你、你沒事吧，斯卡魯格？」
『慢了一步啊……』
葵娜慌慌張張施展恢復魔法後，輕搖斯卡魯格。
下一秒，斯卡魯格如蚱蜢般跳起身，用力抓住葵娜肩膀。
葵娜不明就裡地瞪大眼珠，兒子身邊纏繞著「忌妒氣息」大聲吼著：「母親大人閣下，您沒事吧！」
「……什麼？」
「我得知母親大人閣下與男人密會，就把所有事物拋下前來拯救您了！」
斯卡魯格身後是「葛飾北齋畫風的怒濤駭浪，不知何時出現在畫中的帆船翻覆」的背景，面朝莫名的方向將雙手用力舉向天際。
「呃，等等，斯、斯卡魯格？」
「您到底是被那些男人威脅什麼了？而且！啊啊，而且！其中一個還是騎士團長啊！」
斯卡魯格再次轉過頭來看葵娜，在「黑暗中雷光激烈閃爍，漆黑凶鳥來回飛竄」的背景中，按著左胸搖搖晃晃的。
「就算騎士團長閣下還算是挺優秀的人物！他也配不上母親大人閣下！」
「那個～～哈囉，斯卡魯格先生……？」

葵娜感覺兒子有嚴重誤會而想安撫兒子，但他完全聽不進去。

嘴上說是來拯救葵娜，但不知為何話題朝著完全不同方向發展。

「我不可以把母親大人閣下交給那種男人！」

葵娜領悟對失控的這個說什麼也沒用，從道具箱拿出魔杖舉高。

「可惡的閃靈賽巴！裝作對女人沒興趣卻對我的母親大人閣下出手！還敢說什麼騎士道精神……呃……母、母親大人閣下？」

「……什麼事？」

「您、您、您舉高的左手拿著的魔杖，是要幹嘛……呢？」

「舉高了當然是要揮下來啊。」

「我似乎就在您揮下來的地點耶……」

「哎呀，這麼巧。倒不如說你安靜下來了正好呢。」

「…………」

「…………」

「非常不好意思。」

「明白就好。」

斯卡魯格乖乖道歉，葵娜鬆了一口氣。

雖然有莫名的誤會，但兒子擔心自己這個事實讓葵娜露出笑容。

斯卡魯格抱著母親會大發雷霆的覺悟，聽到母親一笑反而嚇一大跳。

「母親大人閣下，發生什麼事了嗎？」

「沒事，什麼事也沒有。」

葵娜拉拉斯卡魯格的聖袍衣襬，對他招招手，斯卡魯格順從地彎下身。接著被母親摸頭，「頭上冒出問號」的他歪了歪頭。

再次見面後直到今天，斯卡魯格難得看見母親心情這麼好。

不需要擔心會像前幾天一樣被打，讓他稍微安心。

「你說閃靈賽巴什麼的，你是從什麼時候開始看啊？難不成你聽見我們說話了？」

葵娜溫柔的表情變了個樣，斯卡魯格聽見她的聲音開始出現不悅的成分，連忙搖頭完全否定。

他是在這次怪獸損害相關會議的回程途中看見葵娜。

難得看見葵娜這麼開心，不小心就跟在後面想看看是怎麼了。他也對自己的行為道歉。

被結界阻擋無法靠近，看見騎士團長和冒險者與母親談笑，他開始覺得羨慕，接著感到焦躁。

心頭浮現「我絕不可能把母親大人閣下交給你們這種傢伙～～！」這誇張的誤會，沒發現自己誤會的斯卡魯格就把閃靈賽巴指定為心中黑名單的特別關注對象了。

期待與其他玩家見面而忽略周遭警戒的葵娜也有錯。

但是奇奇有發現斯卡魯格跟蹤她們，所以干涉了葵娜的魔力控制，把斯卡魯格排除在結界之外。

【隱蔽結界】似乎對一開始就很強烈地認出葵娜的斯卡魯格幾乎沒有效果。

葵娜心想「或許也因為血緣關係吧」，決定把這個當成與結界相關要留意的問題點。

要是放著結界不管，競技場的員工也沒辦法識別周遭，所以葵娜沒忘記解除。

「那麼，我就回旅店放鬆一下吧……」

葵娜「嗯～～」地伸了懶腰，覺得燃起某種使命感的斯卡魯格很奇怪，便拉了拉他的聖袍。

「是的！怎麼了嗎，母親大人閣下？」

「我要回旅店，你也乖乖回去工作喔。」

「不，神殿裡傷患的處置也告一段落了，我正想要稍微休息一下。我拿到了很棒的茶葉，母親大人閣下也一起喝個茶如何呢？」

葵娜似乎看見兒子背後有個不停搖尾巴的狗狗幻影，她也沒有急事，就自然地同意了。

看見兒子欣喜雀躍的表情，葵娜不禁嘆氣：「梅伊前途多難啊。」

葵娜煩惱著兒子肯定也沒發現公主努力對他示好吧。

「幹嘛啊？又一臉嚴肅的表情？」

羅伯斯在學院的私人辦公室裡看著眼前的卷軸沉思，對不敲門就闖進來的梅梅嘆了不知道是第幾百次的氣。

他的妻子似乎只要關係變得親密，不管對誰都不客氣。

「葵娜閣下說『前提是你要能讀懂』，但我還是不知道她在說什麼。」

羅伯斯已經解讀完卷軸上寫的文章。

內容是魔法藥水的材料以及所需的魔法。

羅伯斯試著找來所需的材料，但也沒發生任何現象，他現在正面臨走投無路的狀態。

另一方面，梅梅十分理解想說明也無法說清楚的問題點在哪。

問題就在於，母親葵娜和梅梅的兄弟們知道其中意思，但羅伯斯等現代的人無法理解這一點。

「這個嘛，首先，你要知道這是你自己的東西。接著只要能用就簡單很多了啊……」

「之前常聽妳說，但我還是聽不懂啊。葵娜閣下把這東西給我了，這是我的東西沒錯啊。『用』卷軸到底是什麼意思？」

「啊啊啊啊啊啊，真是的！到底該怎麼說明才好啦！」

看梅梅詭異地抱著頭大叫滾來滾去，羅伯斯想著「司空見慣了」，又沉浸在自己的思考當中。

這樣看來，他們可說是相當登對的夫妻吧。

明確點出原因的話，就在於「有沒有道具箱」。

就葵娜這些玩家的感覺來說，他們拿到東西後會先放進道具箱。

接著，視窗畫面就會顯示「擁有物品」。

然後只要點選「使用」，就算不拿出來，藥水類的東西也會發揮作用。

而這也適用於另外創角，被送出去當養子的梅梅等人。

但對羅伯斯這些與遊戲無關的人而言，道具箱的概念本身就是無法理解的東西。

「拿到卷軸之後使用」這種感覺就超乎常識。

也就是說，根本不能用。

而且，技能大師製作的卷軸，和遊戲活動中得到的技能卷軸有個決定性的差異，而這個問題現在正要出現。

「啊……」

「什、麼……？」

卷軸輪廓在羅伯斯的手中開始變模糊，接著突然發光消失了。

製作完成後只能維持二十四小時就是這個卷軸的缺點。

不知道這件事的羅伯斯只能呆呆看著從手中消失的卷軸光粒。

「啊～～啊。」看著卷軸消失的梅梅拍拍羅伯斯的肩膀安慰他。

「時間到了，媽媽做出來的那個只能維持一天。」

「可惡，難得的智慧啊……」

看著丈夫打從心底遺憾沮喪，梅梅體貼地陪在他身邊。

雖然想再幫他要一次，但母親是那樣的人啊。

下次肯定會說「去接受考驗吧」，所以只能放棄。

梅梅無可奈何，肩膀依偎到羅伯斯身上安慰他。

第五章 闖入者、決鬥、瞬間移動和血緣

葵娜暫時退掉旅店的房間，加上不知道會不會是長途旅程，所以購買了幾天份的糧食和藥水等等物品的各種材料。

還透過卡達茲的工坊向木材批發商買了便宜木材，做好可以應對各種事態的準備。

首先前往孔拉爾說的海中樓塔。

因為有在水中也能和在陸地上相同活動以及可以正常呼吸的魔法，就算不會游泳也沒有問題。

對沒有委託的一人旅行感到有點寂寞時，在冒險者公會得知費爾斯凱洛與黑魯修沛盧騎士團組成的共同討伐隊將在兩天後出發。

葵娜想著那就讓她跟在隊伍後頭，與大家同行一段路吧。

葵娜順便向在冒險者公會裡的孔拉爾追根究柢問出海岸沿岸的消息。

孔拉爾當然也索求代價，而這次用金錢支付。

他也需要錢來重新添購護具，所以相當開心。

「嗯～～早知道應該先蒐集資訊才對～～」

「怎麼啦，發生什麼事情啦？」

「我退房了啊，這兩天該怎麼辦才好呢……」

「妳不擅長做準備喔，哈哈哈哈哈。」

被孔拉爾一笑，葵娜鬧彆扭了。

真要住的話，就要住瑪雷路阿姨那邊……葵娜這才想到。

上一次回程時只去看了蜜咪麗的狀況，所以她決定回邊境村莊一趟。

「妳要去哪啊？」

「邊境村莊。」

「妳抵達時，討伐隊都已經回來了吧？」

「呵呵呵～～孔拉爾小弟弟，你以為我是誰啊～～我的樓塔就在那邊，想回來，【瞬間移動】一秒就回來了啦。」

葵娜挺起沒甚麼料的胸脯「嘖嘖嘖」地晃動食指，擺出無謂的高傲態度。

「唔哇，超卑鄙～～妳也多少辛苦一下啊！」

「時至今日還說什麼啊，只要去過一次就隨我作主了。」

面對葵娜自豪的態度，孔拉爾伸手想戳她的頭。

葵娜輕輕鬆鬆閃過。

孔拉爾認真起來想抓到葵娜，一而再、再而三出手，但全被葵娜輕巧閃過。

孔拉爾的同伴們在旁冷眼看著這突然展開的你追我跑。

但立刻被櫃檯的阿露瑪納大罵「請別在公會裡胡鬧！」而迅速落幕。

「哈哈～～孔拉爾小弟弟，你的等級和速度都不夠啦。」

「可惡，妳下次給我記住！」

孔拉爾對吐舌挑釁的葵娜握拳，同伴們說著「算了啦算了啦」安撫並把他拉開。

葵娜目送孔拉爾被同伴帶走，換回認真的表情，低聲說著「那麼，快點去吧」後採取行動。

在離開王都前，與上次相同把宰相派遣的暗衛找出來並綁起來。

躲在暗處監視葵娜行動的他被不知何時偷偷跑到背後的葵娜弄昏，再次跟丟對象。

面對自己第二次失職，他開始認真考慮換工作。

葵娜使用自己的戒指，瞬間移動到位於邊境之地的守護者之塔。

因為競技場樓塔的守護者已經認定她為主人，只要不使用No.9的戒指，就不會錯跑到那邊去。

接著，她從銀色樓塔守護者的太陽壁畫（小混混）那裡聽到相當有趣的消息。

「有來訪者？」

『是啊，主人上次來了之後，就在前幾天而已。似乎有三個人～～在下面的森林裡迷路後就逃走了，真是沒毅力的膽小鬼啊。』

「咦，那也有可能是玩家嘍？」

至少葵娜不認為現在有人會有事到當地民眾謠傳「有恐怖的古代魔女」的這個地方。

葵娜的樓塔考驗，只要有毅力，連低等玩家也能過關。

在森林裡迷路就沒再過來，可能只是因為好奇，要不然就是有覺悟要長期抗戰所以回去做準備了。

兩者都只是猜測，總之，葵娜決定先把這個問題擺一邊。

要守護者在那些人再度造訪時通知自己，利用【調查】技能就可以知道進來的人是不是玩家。

如果守護者自己能確認就好了，但很不湊巧，守護者是領域的管理者，不是對講機也不是門環。

頂多只能辨識有人進入包含森林和樓塔在內的範圍。

說起來，設定為壁畫的守護者要是扭來扭去動起來，才是真的恐怖吧。

葵娜交代小混混守護者有來訪者時至少要聯絡她一下，然後離開樓塔移動到村莊。

村莊入口，上次來時蓋的工坊旁邊，停著兩輛幌馬車。

因為這個村莊沒有寄放馬的廄房，馬隨意吃著旁邊的草。

感覺村莊多了一點活力，葵娜想著大概村民又變多了，朝旅店走去。

「啊，大姊姊！」

「莉朵妳好。」

葵娜在旅店門口碰到抱著水桶的莉朵，瞬間感覺全身放鬆。

和放下水桶的莉朵互相行禮。

「我想住個兩天，有空房間嗎？」

「嗯，雖然很罕見地有房客，不過沒問題喔。」

「不可以說很罕見啦……」

跟著抱著水桶領頭的莉朵走進旅店，正在打掃食堂的瑪雷路上前迎接。

「葵娜，歡迎光臨，二十天不見了吧？」

「瑪雷路，好久不見，我這次要住兩晚，勞煩妳關照了。」

「我隨時都歡迎妳來，別客氣，要住幾晚都可以。」

先支付兩晚的住宿費四十枚銅幣後，詢問了隱約感覺到的嘈雜氣氛。

「村民又變多了嗎？」

「啊，妳是說那個幌馬車啊？妳不是做了公眾澡堂嗎？好像是有學者從歐泰羅克斯要來調查。」

「歐泰羅克斯……從南邊國家特地到這裡嗎？為什麼謠言會傳到那邊啊……」

艾利涅告訴她的一般教養的地理常識。

三國中，南邊的歐泰羅克斯（紅國克斯特力亞和藍國歐爾澤力亞合併起來的名稱）是魔法技術卓越的國家，從建國當時開始就由同一位高等精靈的女王擔任國王。

聽說費爾斯凱洛的學院就是以那邊為模型成立。

以前梅梅曾說過，但因為習得魔法的教師人數不夠，沒辦法變成專教魔法的學校。

儘管以前位於南邊的紅國克斯特力亞是一片沙漠，現在好像已經變成和同領地內的藍國歐爾澤力亞一樣，是一整片密林地區。

似乎是典型的熱帶雨林氣候，一整年氣溫都很高。

葵娜心想：兩百年就能把沙漠變成熱帶雨林，說神祕也有個極限吧。

「學者……他們沒有用奇怪的眼神看蜜咪麗吧？」

「來的都是男人啊，沒見過幾乎都待在女澡堂的蜜咪麗啦。只要把餐點端到裡面，基本上不會有人見到她。」

葵娜很擔心蜜咪麗的安危，因為洗衣業，她也比之前更融入村莊了。

似乎沒有遭受不必要的跟蹤騷擾。

從瑪雷路手上接過微溫的茶，想著今昔故事時，和從外面回來的貓人族的男女雙人組對上眼。

一個是身穿皮革鎧甲，腰上佩著劍，劍士風格的褐色頭髮、褐色耳朵的男性。女性有一頭漂亮的黑髮和耳朵，身穿皮革鎧甲，揹著長弓。

女性緊緊盯著葵娜後快步走近。

男性慌慌張張追在後面。

「妳好，同夥。」

「同夥？」

「妳也是冒險者吧，難道不是？」

「妳指那個啊，那麼說妳好就夠了吧。有什麼事情嗎？」

葵娜的疑問讓貓人族女性稍微想了一下。

站在她身邊的男性劍士戳了她的肩膀抱怨：「妳在幹嘛啦。」

葵娜對兩人【調查】後，對結果嚇了一跳。

女性等級將近70，男性則是80多一點，他們的等級比阿比塔還高。

一開始還以為是玩家，但他們沒有顯示玩家會有的資訊，所以證實是當地人。

順帶一提，顯示的資訊就是所屬國家。

葵娜顯示的就是最後所屬的黑國萊普拉斯。

孔拉爾和閃靈賽巴的所屬國家是藍國歐爾澤力亞。

「我們接受學者的委託到這種地方來，但旁邊什麼也沒有，現在正覺得超無聊。然後知道附近有個英知之塔，所以就和學者一起去了。」

葵娜大概理解了，來訪者就是這些人。

之前準備不足，所以他們打算和學者再去一次，但葵娜認為應該會無疾而終。

因為樓塔附近布下強力結界，根本不可能受到外敵侵襲。

只是從進入樓塔到抵達樓頂的時間有限制，以及只要停下腳步就會被轉移到樓塔外面。

這個態度超高傲的貓人族女性，讓葵娜想到遊戲時代向她勒索技能的玩家。

「就算不是玩遊戲也真的有這種人啊。」葵娜無言忍住想笑的心情。

「所以，妳也和我們一起來吧。攻略成功後，我也會讓妳掛在鼎鼎大名的我們的名字下方。」

「嗯，請恕我拒絕。」

「………………」

為了不露餡，葵娜滿臉笑容明確拒絕。

（好想大笑喔。）

『妳這句話聽起來只像在挑釁耶。』

（明明就是她自己來挑釁的啊。）

『是沒錯啦……』

大概沒想到會被拒絕吧，貓人族女性傻得僵在原地。

在她身後的貓人族男性一臉抱歉，舉起單手用嘴型說著「對不起」對她的無禮道歉。

接著，不悅地皺起臉的貓人族女性口沫橫飛地激動大喊：

「喂！我們可是歐泰羅克斯知名的冒險者耶！可以和我們一起行動可是妳的光榮！這也可以提升妳的名譽……」

「嗯，請恕我拒絕。」

葵娜用完全相同的一句話明確拒絕，女性露出不可置信的表情。

女性眉尾因為憤怒漸漸上揚，瞥了一眼葵娜後，用力踩響腳步聲跑上旅店二樓。

「不好意思，我的妹妹失禮了。」

男性低頭道歉後，立刻追上去。

「還真是個不好相處的冒險者啊……」

傻眼的葵娜往樓梯窺視。

『她大概不是因為冒險者的能力，而是因為盛氣凌人才知名吧？』

奇奇的語氣也是傻眼，葵娜頻頻點頭同意。

「不好意思，讓妳不開心了。」

「為什麼是瑪雷路道歉啦，冒險者也有很多種人，偶爾也會出現那種啦。」

歸還杯子時，瑪雷路向葵娜道歉，她表示自己不在意。

真要說糟糕，剛當上技能大師那時，使出暴力想要強取技能的玩家才糟糕好幾倍。

雖然她態度高傲，但光沒使用暴力，這種反應已經可愛多了。

「對了對了，瑪雷路妳聽我說，我女兒梅梅超過分的～～」

「從妳口中聽見『女兒』這個詞對我來說比較不得了啊。」

「過分！」

「好啦好啦，對不起啦。然後妳女兒怎麼啦？」

「妳聽我說～～……」

為了撫去陰沉的氣氛，葵娜說起在黑魯修沛盧發生的事。梅梅瞞著她孫子的事情、回到這邊後三個女人一起去獵彎角熊的事情等等，和瑪雷路聊到中午。

瑪雷路對葵娜有孫子這件事大吃一驚，也對孫子是和堺屋有關的人嚇到。中午，葵娜久違地享用瑪雷路大顯身手的料理，也和莉朵約好晚餐時要對她說冒險者的故事。

之後，葵娜前往村莊入口的工坊，那是以前曾聽葵娜用畫說明齒輪結構的四人居住的地方。

和中途遇見的村民們親切打招呼，接著遇見抓著幾隻兔子的洛德魯。他似乎外出打獵到剛剛才回來。

「嗨！葵娜，妳來了啊。」

「洛德魯好久不見，結束打獵了嗎？」

「是啊，我也沒那麼忙碌啦。妳又接下什麼委託了嗎？」

「單純休息一下啦，雖然後天要稍微遠行。」

「休息也不用到這種鄉下地方來啊……既然妳這麼頻繁來這裡，要不要乾脆就在這裡定居啦？」

洛德魯原本只是開玩笑，沒想到葵娜回以沉默。
只見葵娜雙手環胸，相當認真地思考。
「……這或許也不錯耶。」
「不是不是，喂，妳認真的嗎？」
「我一直在想哪天要在哪裡做個真正的據點，你這句話正合我意，待會去找村長商量看看吧。」
看來似乎是認真的。
那麼，雖然說是開玩笑，但應該讓提起這個話題的自己先去說一聲。
洛德魯這麼想著，和葵娜道別後，回家前先繞到村長家一趟。
洛德魯的提議就等到去找村長商量時再好好思考，首先要實證用技術技能做出來的東西交給其他人後會出現什麼變化。
葵娜對蹲在工坊門口正在工作的矮人搭話。
「你好。」
「喔、喔……是之前的小姑娘，今天有什麼事嗎？」
「關於我之前用畫說明的那個東西，其他人也在嗎？」
因為是想保密的事情，葵娜問可不可以進去裡面說。

矮人立刻答應，帶著葵娜進屋，接著從裡面找來同伴女性與另外兩個矮人。

姑且先簡單自我介紹。

戴眼鏡，眼神銳利的人類女性是思雅。

矮人中體格最好的是拉克斯。

第二高的是拉克斯的徒弟多戴。

最嬌小（但也有葵娜胸口高）的是拉克斯的兒子拉德姆。

他們是與黑魯修沛盧的商人簽約，經營技術工坊的一家人。

葵娜聽見思雅和拉克斯是夫妻，嚇了一跳，但知道思雅是繼室，拉德姆不是異種族婚姻生下的孩子之後，總之理解了。

「那麼，妳說有需要保密的事情要說，是什麼事情呢？」

似乎是思雅代表出面和葵娜商談。

拉克斯等人幾乎全負責製作工作，商談相關的事情全交給思雅。

「關於之前我用畫說明，用在水井上的機械，我可以在收取代價後，直接提供成品給你們。」

「妳說什麼！」

「「什麼！」」

或許葵娜說出口的話超乎想像，思雅一臉驚愕。

而拉克斯等人似乎更驚訝，嘴巴大張，全身僵硬。

就這樣經過了一段無言的時間，葵娜不禁苦笑。

第一個恢復的人是拉克斯。

「不、不是，小姑娘，妳等等！我們非常感謝妳願意讓我們研究妳做的東西，但妳就這樣把自己做出來的技術的權利全部讓給別人，無所謂嗎？」

「什麼？那什麼意思啊？」

突然聽到「技術的權利」，葵娜根本搞不清楚他們在說什麼。

他們提到的機械本身，只要完成所有離線任務，任誰都能做出來，任務以外也派不上用場。

葵娜前幾天確認過，閃靈賽巴和孔拉爾都能做出來。

在遊戲中，這些技能被當成獲得其他建築技能的前提技能，只有在建造要塞時用到，幾乎可說是沒用的多餘技能。

看到葵娜困惑的表情，思雅理解她什麼也不明白後，再次確認：「真的可以只收取一點代價，就把這個在現代相當貴重的技術交給其他人嗎？」

反而是葵娜對現在技術能力之低下感到傻眼，爽快地同意把技術交給他們研究。

代價除了金錢外，還要保密提供者的名字，以及不能用在製作殺人的道具上。

當然，讓渡後會怎樣發展，全部任憑對方考量了。

「……我明白了。我們會遵從妳的意志，遵守這兩個條件。但金錢部分，這不是我們有辦法準備的金額，我會去和簽約的商人商談，可以請妳稍等一下嗎？」

「這個……有這麼貴嗎？這東西耶。」

只是靠人力轉動齒輪，利用履帶上的木頭水杯汲水的東西，他們到底打算付多少錢啊？

葵娜頭上冒出一個巨大的問號。

「這個嘛，雖然根據後續的利用價值與普及程度有所不同……但我想起碼有十枚金幣的價值吧。」

「噗！」

葵娜聽見超乎她想像二十倍的金額，一口氣忍不住噴出口。

這可是在村莊裡什麼也不做，就能在旅店住七年的金額。

葵娜的換算基準仍舊比一般人奇怪，但她本人相當認真。

「話說回來，有能隨便就拿出這種金額的商人嗎？」

「這種金額對和我們簽約的商人來說應該沒有問題。」

在思雅開口前，葵娜有種不好的預感，正確來說是太有頭緒了，所以決定先問問看。

「……是堺屋嗎？」

「是的，就是堺屋。堺屋的大老闆相當關照我們。」

「原來是凱利克直屬的啊～～那錢不用急著給我，我再去找那孩子要就好了。」

「什麼？妳、妳認識大老闆嗎？」

「嗯，是……生意上有點往來吧？」

慎重起見，還是別說「那是我孫子」好了。

今後要是每次見到思雅等人就會被行大禮也很麻煩。

要是連其他村民知道這層關係也朝她跪拜，葵娜可真會心死。

和重量級人物有血緣關係感覺也會和壓力相連結，葵娜決定對這件事貫徹沉默態度。

然而再怎麼樣，思雅等人聽到葵娜直呼凱利克名字且叫他「那孩子」，也理解葵娜的立場了。

但只是多注意一點而已。

此外，他們判斷不在乎上下關係的葵娜也有自己的苦衷，決定繼續裝作不知情。

「那麼，我就馬上做出來吧～」

在打算說出「至少材料由我們準備」的拉克斯面前，出現了需要兩個大人才能環抱的圓木。

只會讓人覺得憑空出現，接著又陸續出現好幾根相同尺寸的圓木，增添了更多異樣感。

一根圓木應該都有葵娜四倍以上重量吧。

他們瞪大眼，不明瞭到底是用了什麼怪異的法術，能讓一位女性準備好體積如此龐大的東西。

葵娜完全沒發現他們交雜著畏懼的視線，施展加工用的風之魔法，啟動【技術技能：汲水機】。

上一次是分別準備每個零件，這一次是一口氣組裝完成。

長方形木板組成的履帶上，裝上兩個大上一圈的齒輪作為動力來源。

接上帶有曲軸的變速箱來傳達動力，僅僅數十秒時間，用於村莊水井的相同汲水機就完成了。

思雅等人只能張大嘴巴看著作業到組裝完成的過程全都在半空中進行。

老實說，這是現今世界無法理解的做法。

「唔，在室內應該不需要這麼長的履帶吧。」

因為履帶是量測村莊水井到井底的距離做出來的，長履帶的部分有點礙事。

設置在村莊裡的汲水機有施加保存魔法，但這可能會被他們分解，所以沒有施加魔法。

葵娜做出直接把東西給他們的舉動後，才讓思雅等人動了起來。

看見父子與徒弟立刻對有興趣的部分盯住不放的樣子，葵娜覺得他們好像是剛拿到新玩具的小孩子。

思雅不自在地走進裡頭的房間，拿出幾份文件來。

「那麼葵娜小姐，請妳在這邊和這邊簽名。」

「呃～～是這個，和這個吧。」

到這個世界後，葵娜也沒有太多寫自己名字的機會。

除了寫旅店的登記簿外，就是在冒險者公會登錄的時候。

她沒有家名之類的，所以只簡單寫上「葵娜」。

「那麼～～接下來要去村長那……咦？」

「喔喔，葵娜閣下，原來妳在這裡啊。」

邊小聲唸著打算要去見的人卻先出現，葵娜嚇了一大跳，看見在村長背後笑個不停的洛德魯後，她知道是怎麼一回事了。

「真是的，洛德魯，你先跑去說也太過分了吧～～」

「哎呀，這種事越早說越好啊。」

村長摸著參雜白鬚的鬍子，滿臉笑容贊成葵娜在村裡建造自己的居所。

「要不然全村總動員來幫葵娜閣下蓋房子？」

「啊～～不可以給大家添麻煩，只要確保地點之後，我自己蓋就好了。」

當然也有蓋自己房子的離線活動，但那是指巨大的堡壘。

基本【建築技能】中有幾個房子的樣板設計圖，葵娜預定拿其中一個出來用。

身為冒險者，到處晃來晃去也很有趣，但她也想在一個地方定下來。

至於不使用技能的家事，請瑪雷路教也是個方法。

醫院就等於居所的葵娜對「自己的家」抱有憧憬。

村長提了村莊內側採光很棒的地方，聚集而來的村民們也同意了。

聽說以前這裡是開拓這個村莊的創始者的家所在地，現在也沒有人想要在這邊蓋房子。

「咦？真的可以嗎，把這樣的地方讓給我？」

「葵娜閣下明明和這村莊一點關係也沒有，卻為我們做了很多。不趁這種時候報恩，我們可是過意不去啊。」

村長這句話讓旁邊的村民們一起點頭。

「沒錯沒錯，有葵娜在，可以期待比洛德魯更好的狩獵成果呢！」

「喂～～！我身為獵人的立場不就沒了嘛！」

「沒人這樣說啊，只是宴會次數會增加而已。」

「就算找這種機會當藉口，可沒有錢讓一家之主拿去喝酒啊。」

「什麼～～一天的期待耶……」

好幾個男人垂頭喪氣，現場響起一片笑聲。

他們都說成這樣了，葵娜也不好拒絕，所以就心懷感激接受他們的好意。

順便請女性群告訴她生活所需的東西。

一家要有一頭山羊，或是儲藏室之類。

如果她想耕田，好幾家共同管理的田地也可以借她一小塊。

葵娜全讓奇奇去記，等到蓋好房子後再準備。

羊應該會事前從哪邊買來吧。

大部分家具只要有材料都能自己做。

問題在於葵娜在這個村子可以做什麼和村民一起分享。

但再怎樣葵娜都替他們蓋公眾澡堂了，村民都要葵娜別在意。然而也不能就這樣算了，所以葵娜列入要檢討案件。

最快的方法就是在冒險者公會中只接高額委託，然後把錢給村莊吧。

但是葵娜在費爾斯凱洛越來越有名，可能容易招致其他冒險者反感。

而且還有蜜咪麗的事情。

雖然要看她本人的意思，也得把在家裡做個大水槽讓她住的事情放在心上。

「想想辦法吧……」

「那麼，總之和我去狩獵吧。這麼一來，就能吃到罕見的肉，能賣的東西也會變多，對吧？」

「說的也是～～暫時就和洛德魯一起當獵人吧……」

葵娜感謝拍拍她肩膀向她提議的洛德魯，接受了他的提議。

「然後，果然會變成這樣啊～～！」

那晚在旅店的食堂。

在晚上會搖身一變成為酒館的這個地方，以「歡迎葵娜來這村莊住」的名目舉辦宴會。

當然，不知事情始末的拉克斯一家人、從歐泰羅克斯來調查大眾澡堂使用魔法的兩位王宮術師，以及護衛的四個冒險者也一起參加。

被不知道狀況的人見到蜜咪麗可能會有危險，所以讓莉朵把餐點和酒端到女性澡堂。

村民舉辦了一個連食堂外也擺了桌椅的宴會，好幾個大人聚到被強迫坐上位的葵娜身邊替她斟酒。

四處都有勾肩搭背的村民開朗唱歌，氣氛十分熱烈。

葵娜體悟這只能放棄，隨波逐流了，自暴自棄喊著：「乾杯～～！」

其實她還有想做的事情，雖然之後可能會被瑪雷路抱怨，她還是使用了【毒性無效】的手環，不讓自己喝醉。

在這之中，偶爾會感到強烈敵意的視線，循著視線看過去，中午來挑釁她的女性正瞪著她。

視線對上後，她立刻皺起眉一臉嫌惡地轉過頭去，不停重複這樣的舉動。

葵娜完全無法理解她到底是哪裡不滿。

宴會進入後半，喝醉的人開始變多時，葵娜站起身。

她想為盡心款待她的村民們表演些餘興活動。

察覺狀況的瑪雷路拍拍手，要大家注意葵娜。

「大家，看這邊看這邊，葵娜有話要說喔！」

「瑪雷路，謝謝妳。」

「這點小事不用謝，快點，有話要說就快點說。」

「好。那麼各位～～謝謝大家今天為了我舉辦這麼開心的宴會。」

葵娜深深一鞠躬道謝，大家紛紛拍手、吹口哨。

不明說是誰，有一部分參與者擺出「真粗野」的表情別過頭去。

「我想要稍微回報大家的恩惠，所以想請大家陪我做一點餘興節目。」

說完後，拿出麵粉、水果、雞蛋等料理前的材料擺在桌上。

住在這個村莊的人都已經理解怎麼一回事了。

知道葵娜不需要任何複雜過程，就有從「材料」做出「成品」的手段。

不知道的人只有剛來村莊，還不認識葵娜的歐泰羅克斯的客人。

他們瞥了一眼桌上堆積如山的材料，沒興趣地轉回去和同伴說話。

而他們也因為葵娜接下來的行動變了臉色，驚訝呆傻。

「就讓我在此做出貴族們吃的甜點這種東西吧。」

才剛說完立刻施展【料理技能：蛋糕】。

彷彿抱在胸前的雙手間出現橘色的火魔球，把桌上小山中的幾個材料吸進去。

火球化作大理石花紋的球體消失後，葵娜手上出現蛋糕。

鬆軟的兩層海綿蛋糕間夾著紅色的貝梨果實和鮮奶油。

裝飾上面與邊緣的是純白如棉花的鮮奶油。

一般來說這可分類為整個蛋糕，但看在沒看過也沒聽過高尚貴族的點心的村民眼中，有至高無上的藝術品的印象。

再加上受到飄散空氣中的果實香甜氣味吸引，大家全擠到葵娜身邊。

葵娜就在村民面前，做出了紅色、橘色與黃色的蛋糕。

靠著從電視上得到的知識，葵娜用布擦拭請瑪雷路溫熱的刀，開始切分蛋糕。

首先吃的人是瑪雷路、莉朵、格特和路依奈。

總之也請村長、村長的妻子和洛德魯吃。

老實地毫不抵抗，第一個張嘴吃的人是莉朵。她吃下去後，睜大眼睛全身僵硬。

葵娜擔心地小心翼翼問：「不合口味嗎？」莉朵搖搖頭，滿臉笑容強調：「沒有，很好吃，非常好吃！」

旅店一家人、村長夫妻也對第一次吃到的甜甜鮮奶油與鬆軟口感的海綿蛋糕睜大眼睛，一口接一口吃。

全員異口同聲說：「好吃！」所以葵娜把事先準備好的材料全部用光，不斷做出蛋糕和派來。

葵娜也問妖精妹妹要不要吃，但她只是聞聞味道後露出微笑而已。

果然似乎是沒辦法飲食。

蛋糕才剛做出來，就立刻被在場的村民們吃光。

「再來就是得拿幾個去給蜜咪麗了！」

「我去！大姊姊，我拿去！」

「那我們待會兒一起去吧？」

「嗯！」

和莉朵溫暖對話後，另外將貝梨、露許和那拿果實做出來的蛋糕保留下來。

連坐在食堂邊緣的南國客人也拿到蛋糕，可以看到每個人都睜大眼睛驚訝地吃蛋糕的樣子。

雖然不知道他們的政治體制和貴族制度等等的型態，他們十分驚訝的樣子讓葵娜在心裡偷笑。

……要是就這樣驚訝就好了啊。

完全不顧宴會歡樂氣氛的人物站起身。

「我才不承認！我、我才不承認這個！」

她似乎想繼續漫罵些什麼，在被哥哥遮住嘴巴後「唔喔唔喔～～！」地開始躁動。

她的第一句話，讓在場的村民向那對兄妹與學者們投以冷淡視線。

歐泰羅克斯一行人暴露在「妳這傢伙在開心的時間說什麼鬼話啊」的集中狠瞪眼神下，

一哄而散逃回自己的房間。

勒緊妹妹讓她昏過去的哥哥說著：「不好意思，打擾大家的歡樂時光了。」道歉後，撤退到二樓。

「那是怎樣啊……」

洛德魯驚訝的嘀咕說出了在場村民們的心聲。

雖然宴會稍微被打擾，但在那之後，村民們也大口享用平常吃不到的甜點，繼續大吵大鬧。

宴會接近尾聲時，葵娜帶著莉朵跑出旅店往澡堂前進。

為了拿蛋糕去給蜜咪麗。

三人一起泡在熱水中，沒特別理由抬頭看著飄盪熱氣的夜空風景。

「這樣啊～～陸地的人想的事情和人魚（我們）沒什麼兩樣呢。」

「……陸地的人。」

蜜咪麗聽完宴會中發生的罕見事情後，一臉理解地點點頭。

不是人族，而是全被稱為「陸地的人」這點讓葵娜皺起眉頭。

看來，蜜咪麗似乎對那個貓人女性歇斯底里的態度心裡有底。

「那個人大概是把葵娜和誰重疊了吧，才會說出『不承認』。」

「誰？」

就算蜜咪麗這樣說，葵娜也不明白地歪過頭。蜜咪麗繼續說：
「舉例來說～～妳有個親近的人，然後有個和那人神似的人接連做出『那個人絕對不會做這些事情！』的行為後，應該會生氣吧～～就是那種感覺吧？」
葵娜腦海中浮現堂姊妹的臉，接著想著和她們相似的人很粗魯的樣子。
原來如此，這樣的確會生氣啊。
「我我～～！我也是，要是有個不是葵娜大姊姊的人，我也會很討厭！」
在身邊抬頭看夜空的莉朵舉手如此主張，讓葵娜和蜜咪麗露出笑容。
「我也因為是葵娜小姐，覺得能被妳所救真的太好了。」
「謝、謝謝妳們兩個。」
承受兩人真誠好意的葵娜臉頰染紅一片。
並想著突然覺得熱水溫度上升或許不是自己的錯覺。
「但是真虧蜜咪麗會想到這個耶。」
「啊～～嗯。因為我也曾經有和那個人相同的時期啊～～很了解～～真的很了解～～～」
看蜜咪麗雙手環胸轉過頭去點頭的樣子，那種狀態的時期大概是她的黑歷史吧。
她似乎小聲說著：「那時被母親……」但葵娜決定裝作沒聽見。
蜜咪麗清清喉嚨掩飾，轉過頭去認真看著放在浴池旁的盤子。
「然後這就是陸地的人垂涎的，食物！」

「我是不知道為什麼統稱『陸地的人』，但這是蛋糕，蛋糕，甜點啦。」

「葵娜大姊姊做出來的東西很好吃喔！」

莉朵從嘆氣的葵娜身邊探出身體，開心地要蜜咪麗吃。

盤子上是用貝梨果實做出來的奶油蛋糕，貝梨是很像大葡萄的水果。

用露許果實做成的幕斯蛋糕，露許是味道接近柳橙的水果。

然後那拿果實做成的戚風蛋糕也擺在一旁，那拿是味道類似香蕉的水果。

「除了我們留下來的份，其他全被吃光了。還得再去費爾斯凱洛買水果才行。」

「但水果很貴耶……」

莉朵好好看見水果的次數也不多。

如果是艾利涅的商隊帶來這裡的水果，因為還需要保冷的魔法道具，單價也很高。

這個村莊可以得手的甜食就是蜂蜜，或是野生種的小貝梨。

「莉朵，別擔心！我將來有天帶妳去費爾斯凱洛，一起去看各種東西吧！」

葵娜緊緊抱住沮喪的莉朵，想讓她打起精神來。

莉朵被壓在葵娜單薄的胸脯上，發出「啊哈哈」的乾笑後小聲說：「那我就不期待地等著吧。」

另一邊，蜜咪麗接過葵娜拿給她的叉子，慎重地面對蛋糕。

吞了吞口水，舀起裝飾貝梨奶油蛋糕的鮮奶油，慢動作送進口中。

品嚐在舌頭上融化的甜滋味後，眼神變得像猛禽般銳利，發出「鏘～～」的光芒。

叉子往貝梨奶油蛋糕正中央刺下去，盡可能張大嘴一口吃掉。

壓扁般在口中擠出甜味後吞下去。

就連通過喉嚨的感覺都讓她感到快樂，顫抖身體享受餘韻後，看向下一個獵物（蛋糕）。

蜜咪麗重複兩次相同動作，看見清空的盤子和一臉傻眼地盯著自己看的兩人。

「再更仔細品嚐不是更好嗎……」

莉朵很遺憾地說著，但葵娜的感想有點不同。

「感覺好像是化身成裂口女的斯庫拉大口吞食獵物的畫面耶。」

「好過分喔！」

被視為斯庫拉對人魚族來說是嚴重汙辱，蜜咪麗如此對葵娜抱怨，但看見熱氣中出現她吃蛋糕的畫面，也只能自我反省了。

因為那就和一心一意捕食獵物的斯庫拉相同。

「好厲害喔！葵娜姊姊，剛剛那個是怎麼弄出來的？」

「這是可以將留在印象中的光景重播三次的技能。」

「我呢～～？我呢～～？」

在因為自我嫌惡而待在浴池角落垂頭喪氣的蜜咪麗身邊，莉朵央求葵娜也對自己做出相同的事情。

「嗯～～如果當時沒有特別注意就沒辦法記起來耶，下次有機會吧～～」

「怎麼可以這樣！我也想要看自己的耶～～」

葵娜說著「對不起」，向遺憾地抱怨的莉朵道歉。

這溫暖的光景（一個角落烏雲滿布）就在路依奈說著「都在收拾了，妳是要鬼混到什麼時候啦」來叫莉朵回去時結束了。

宴會結束後，葵娜和瑪雷路等人一起整理善後時，以為早已避開的暴風雨再度登陸。

在場的有邊揉愛睏眼睛邊端碗盤的莉朵和路依奈、洗碗盤的瑪雷路。

不知為何，葵娜也跟著一起擦桌子。

「葵娜，不好意思啊，妳是主角還讓妳幫忙。」

「沒有關係吧？我也成為村莊一分子了，彼此互相幫忙啊。」

彷彿正在挑戰端盤子世界紀錄的路依奈對葵娜這樣說，葵娜對她的體力苦笑，也邊洗抹布邊回答。

莉朵在葵娜身邊拉她的衣角強調自己也在，葵娜也回以微笑。

看見莉朵立刻露出笑容，葵娜享受著這一份幸福。

雖然覺得還真是廉價的幸福，想到接下來這可能變成日常生活，就讓葵娜心情雀躍。

就在葵娜品味著這份幸福的時候。

奇奇發出危險接近的警報，葵娜看向樓梯，那個貓人女性正衝下樓來。

她衝到葵娜跟前，用充滿敵意的眼神惡狠狠瞪著葵娜。

似乎想要接續剛剛的話題，抬頭挺胸宣示。

「我絕對不會承認！」

「這個麻煩的女人是怎樣啊。」

路依奈代替葵娜說出心聲。

女性也狠狠瞪了路依奈。

再怎樣，被從事冒險者的人狠瞪讓普通人路依奈畏怯。

擋在兩人視線間的葵娜把抹布交給路依奈，啟動幾個戰鬥模式的【主動技能】，反過來瞪女性。

葵娜對相處一段時間，可稱上朋友的路依奈被恫嚇感到相當生氣。

從蜜咪麗口中聽見她可能有哪些原因後，葵娜才不想承受這種亂遷怒的東西。

女性因為葵娜反過來威嚇而後退一步，接著被自己的行為嚇到。

大概是因為她自尊太高，無法置信自己竟然感到恐懼吧。

看見她的表情，報復成功的葵娜噴笑出聲。

女性又回以更強烈的視線，但葵娜可不想一直奉陪這搞錯對象的遷怒。

「為什麼妳這種下賤的人，會使用和女王相同的【古代技法】啊！」

「……啊啊，原來如此，養子還什麼的啊？」

葵娜這有點頭緒的悠哉態度更加激怒女性。

不僅投注更強烈的敵意，甚至還拿出腰上的短劍。

雖然希望她別在這種地方拔刀相向，但老實說，葵娜也覺得和她說明很麻煩。

如果對方出手，葵娜輕而易舉就能壓制。

「那麼，不承認又怎樣？」

「我要和妳決鬥！」

「…………什麼？」

花了一點時間才理解她說什麼，接著細細推敲她說出口的話。

發展成比反擊更加麻煩的狀況，但葵娜發現這已經是既定事實，於是直接回答：

「對不起，我沒興趣欺負弱小耶。」

「妳說誰弱小啊！」

這還用說。

等級1100對上等級70，實力差距也太明顯了。

就跟螞蟻找原子彈吵架差不多。

對葵娜來說，這是理所當然的反應。

用里亞德錄來比喻，就是集中攻擊才剛玩遊戲兩三天的菜鳥的行為。

這種行為不值得誇獎。

但對方似乎不這麼想，葵娜秒答將她當成弱者，讓她齜牙咧嘴地隨時都會撲上來。會把手帕扯破的「嘰～～嘰～～」磨牙聲很吵。

就連葵娜也開始覺得頭痛起來了。

「我絕對會讓妳對我伏首稱臣。」

「這樣喔……我想肯定是不可能啦。」

自我主張強烈的女性這幾乎要高聲大笑的態度，讓葵娜累得全身乏力。

明明沒有答應，對方已經幹勁滿滿了。

最後，葵娜也放棄看她了。

愉悅又得意地離去的女性消失後，她的哥哥從樓梯後方現身。

他也是毫不遮掩受夠的表情，看了一眼天花板後走到葵娜身邊一鞠躬。

「不好意思，我妹妹提出無理的要求。」

「啊……啊啊，不會啦，反正沒差，她已經當我答應了……那是怎樣啊？」

「請讓我再次道歉，那傢伙太敬愛女王，大概覺得妳施展的技能汙辱女王吧。不需要客氣，請妳儘管打。」

「那不是哥哥該說的話吧。我叫葵娜，你呢？」

「我叫庫洛夫，她是庫洛菲亞。那個，希望可以請妳多多指教……吧。」

「嗯，另一個就讓我考慮考慮。」

不知為何，庫洛夫和葵娜同時嘆氣。

理由顯而易見。

葵娜拍拍因為威嚇而縮成一團的路依奈的背，讓她冷靜下來。

「路依奈，還好嗎？」

「呃、呃呃……謝、謝謝妳，葵娜。」

「路依奈，妳沒有事嗎！」

僵在吧檯另一頭的瑪雷路也衝了出來。

看見瑪雷路抱住還發著抖的路依奈，葵娜放鬆力氣。

莉朵躲在吧檯後面，戰戰兢兢地環視食堂。

「好、好恐怖喔～～」

「沒事沒事，恐怖的惡鬼婆婆已經不見了，別怕喔～～」

摸莉朵的頭讓她安心的同時，葵娜朝天花板投射銳利視線。

接著，隔天早晨。

一大早，就在村莊附近的街道上進行該場決鬥。

見證人是庫洛夫，以及要去摘貝梨正好經過附近的洛德魯。

因為他運氣不好，剛好和葵娜同時間走出村莊。
「嗚嗚嗚……我只是想要趁早上去摘貝梨而已耶……」
「所以說，結束之後我也會幫忙啦。洛德魯，拜託你別生氣。」
葵娜拚了命拜託洛德魯等一下，說馬上就會結束去幫他。
在旁聽見他們對話的庫洛菲亞相當生氣，但被葵娜當耳邊風。
之所以不在村莊裡決鬥，是因為庫洛菲亞的武器是弓箭，葵娜主要用魔法攻擊。
還有，也不想因為沒意義的決鬥造成村民困擾。
而且都還沒開始，庫洛菲亞的情緒已經漲到最高點，葵娜還在最低點。
「那麼，隨時都可以開始喔～～」
葵娜空手沒有拿魔杖，帶著無比從容的表情對庫洛夫說。
（奇奇，拜託你啦。）
『包在我身上。』
從拜託奇奇幫忙這點來看，葵娜打算從一開始就用最大戰力應戰。
「我明白了，那麼在此進行葵娜閣下與庫洛菲亞的決鬥。雙方，就算受到致命攻擊也不會有怨言吧？」
「不會！」
庫洛菲亞拿好弓用力點頭，葵娜揮揮手輕鬆回應。

「好啦～～我得快點結束去採貝梨才行。」

葵娜很清楚這番話又更煽動了庫洛菲亞的敵意。

「那麼，開始！」

庫洛夫揮下舉高的手，宣告戰鬥開始。

第一個攻擊從庫洛菲亞得意洋洋的連續攻擊開始，但所有箭都在葵娜身前幾公分停在半空中。

「什麼……！」

「哎呀呀，這是放水的一環嗎？完全沒打到我耶。」

葵娜雙手扠腰，傻眼地搖搖頭，庫洛菲亞氣得眼睛上吊。

「別、別小看我！【爆破彈】。」

「什！」

庫洛菲亞接著射出相當帶刺的火球，但那也在葵娜身前被什麼東西擋住，停在半空中。

「這魔法威力也太弱了吧。這種東西才不可能突破『聖靈』的屏障喔～～」

「聖！」

這是見證人庫洛夫訝異的聲音。

在一旁觀看的洛德魯完全看不懂，打一開始就用「好厲害啊～～」的感覺看兩人戰鬥。

據斯卡魯格所說，聖靈就是與葵娜締結契約，高精靈一等的存在。

葵娜自己完全不知道什麼聖靈，但那似乎是指奇奇。
他是葵娜的知識顧問兼負責「守護」的存在。
因此，葵娜身邊張開了一層薄皮般，可以讓所有攻擊失效的防護膜。
葵娜順便想檢查一下那是怎樣的東西，所以沒做任何準備，就把肉身暴露在庫洛菲亞的凶狠攻擊前。
而庫洛菲亞的攻擊全被奇奇的屏障擋下來。
最後想要拔劍的庫洛菲亞看見手朝天空舉高瞪著她的葵娜後，雙腳癱軟。
因為她看見葵娜高舉的手前方，濃縮了讓人毛骨悚然的魔力。
【魔法技能：load：蒼天冰狼牙（Laguna bara giga）】。
「咬碎她！」
從葵娜手中射出的四根水長槍畫出拋物線朝四方散開。
途中改變軌道集中成一點，在庫洛菲亞面前融合並瞬間結凍。
邊朝四周釋放冰霧，邊凝結變大，變成可以吞下一整棟房子的巨大怪獸的大嘴逼近庫洛菲亞。
從葵娜手中離開到抵達庫洛菲亞面前，大概不到一秒鐘。
庫洛菲亞睜大眼一臉驚愕，她看起來已經被冰塊大嘴咬死了。
大嘴夾住庫洛菲亞的頭，牙齒尖端在劃傷喉嚨薄皮後停了下來。

雖然說了「請妳儘管打」，但也不想要看見血濃於水的妹妹死在眼前吧。
別過頭去的庫洛夫再轉過頭時，只看見一臉蒼白的庫洛菲亞呆滯地跌坐在地。
冰塊大嘴在雙眼失焦、牙齒顫個不停且軟腳的庫洛菲亞面前，變成細碎結晶四散。
「要是下次傷害這裡的村民，我可不會放過妳！」
就在庫洛夫跑近雙手環抱顫抖的身體的庫洛菲亞身邊時，葵娜如此說。
還雙手扠腰、鼓脹雙頰，擺出「我很生氣」的樣子。
像在表示敵意就到此結束，揮動雙手甩掉殘渣後，推著洛德魯的背離開現場。
「洛德魯快點，我們快走吧。」
「不是啦，喂、喂，不管那兩個人嗎？」
「沒關係啦，決鬥都結束了。」
葵娜邊催促著「快點快點」，和洛德魯一起離開，庫洛夫無言地朝著她的背影鞠躬。

葵娜在大約一小時後，她和洛德魯採完水果要回村莊時再次經過。
庫洛菲亞已經離開，只有直立不動的庫洛夫站在那裡。
「咦，那個小姐怎麼啦？」
庫洛夫對著直爽問他的洛德魯搖搖頭，只回答：「我讓她回旅店房間去了。」
接著轉過頭問葵娜：「可以耽誤您一點時間嗎？」

葵娜被他過分有禮的口氣嚇了一跳，不自在地點點頭後，庫洛夫手擺胸前鞠躬說：「謝謝您。」

「那麼，葵娜，我先回去。得把貝梨拿去給老闆娘才行。」

「啊，好。不好意思還讓你作陪。」

「別在意啦，那就先這樣啦。」

葵娜朝洛德魯揮揮手後，轉過頭來問庫洛夫「有什麼事……」時，看見超令人震驚的畫面。

因為庫洛夫彷彿位高權重者的臣子般，朝葵娜單膝跪下。

「咦、咦咦咦咦……」

就連葵娜也不禁臉頰抽搐。

葵娜忍不住後退幾步，對竟然有更麻煩的事情等著她感到錯愕。

「怎、怎怎怎、怎麼了嗎?庫洛夫先生，你幹嘛跪在地上？」

「是的，您正如我所聽說，是相當溫柔的人，令我敬佩。」

「咦咦咦咦——我、我可是如你所說儘管打了耶，哪裡溫柔啊？」

「即使如此，您到最後還是沒有做出最後一擊，明明可以輕易奪去我妹妹的生命啊。」

「你當我是什麼鬼畜啦！」

不小心就放任自己吐槽，中途才發現這段對話中有奇怪的地方。

「什麼？聽說？你聽誰說過我？」

「我是聽治理我歐泰羅克斯王國的女王薩哈拉謝德陛下說的。我這次是受主人密令，才會到這塊土地來。」

「嗯？好像在哪聽過這個名字耶。」

葵娜對庫洛夫口中治理南邊歐泰羅克斯王國的女王名字有點印象，不禁歪過頭。

葵娜在腦中思索著是在哪聽過時，奇奇立刻抓出與其相關的對話紀錄。

『姊姊、姊姊，我也學姊姊登錄養子了。』

『是喔～～薩哈娜也登錄啦？關係設定為孩子嗎？』

『對，是同族女生，命名為薩哈拉謝德。妳要是在哪裡遇到了，要好好照顧她喔。』

『呃，NPC是要怎麼照顧啊……』

『這跟艾塔納錄沒關係，你閉嘴啦。』

『……好啦。』

「啊啊，這麼說來，薩哈娜的小孩確實是這個名字……」

那是過去在高等精靈社群中登錄成葵娜妹妹，名為薩哈娜的玩家。

那個很像是小松鼠，老愛找人陪的小女生的養子就是這個名字。

艾塔納錄是在社群內登錄為最年長兄長的玩家。

他大概是遊戲中唯一一個男性高等精靈玩家吧。

在葵娜最後的記憶中，那是當時只有六個人的弱小社群，所以記得所有成員。

（不對，等等喔。薩哈娜＝妹妹，她的女兒就是我的外甥女，我是阿姨……那不就是說，我被當成王族嗎？）

怎麼會有這麼麻煩的事情啊——葵娜的心情往憂鬱路線直線前進。

想到這點，也能理解庫洛夫為什麼這個姿勢。

在這之前，高等精靈這個種族本來就設定為精靈的王族。

精靈對她行禮也就算了，但她沒道理接受貓人族行君臣之禮。

「這麼說來，你剛才似乎說了密令之類的耶。」

「是的，接著請讓我詳細說明。不久前，我們送到各國的暗衛回報，在費爾斯凱洛多了一名自稱『葵娜』的冒險者。陛下十分在意這個消息，派遣我們進一步詳細調查。當然，我們並沒有監視您，而是到處蒐集關於您的傳聞。陛下斟酌這些傳聞後，確信您就是真正的葵娜，於是派遣我們到這裡來。」

「哇……我大概猜想到你想說什麼了，你妹妹該不會也是暗衛之類的吧？」

「不，她不是。她和冒險者與兩位學者相同，只是以表面上的理由同行而已。」

想調查【古代技法】的術式只是表面理由，實際上似乎是來勸說葵娜到歐泰羅克斯。

葵娜傻眼。一國的主導者竟然會做出這種事情嗎？

葵娜反而想說：「別拿那種麻煩事來找我啊。」

她接下來可是有找龍宮城、蓋房子等重要活動，忙得不可開交。

回想起自己的預定行程，她想到這不是她該著急的問題。

「這樣啊，那你去告訴女王，說我沒打算去歐泰羅克斯。」

「是……什麼？那個，陛下的意思確實是想要迎接您到我國……」

「我還有很多事情要做，得去找朋友們的樓塔，也得蓋自己的房子。村民對我很照顧，我也想回禮。我也得回報艾利涅先生和阿比塔先生的恩情才行。兒子和女兒也在這個國家，我還得去見孫子。就算可能會以冒險者身分到歐泰羅克斯去，也沒打算以女王親屬的身分進王城。你就這樣對薩哈拉謝德說吧。」

雖然葵娜明白她得多在意一點外甥女，但現在的她沒那個閒工夫。

那算是薩拉娜留下來的東西，去見一次是無所謂啦，但考慮優先順序後，完全沒有精力思考這件事。

大概就是「一切穩定後再去見她吧」而已，但真的不知道會拖到什麼時候。

聽到葵娜明確拒絕的庫洛夫相當不知所措。

他接到的命令是「去聽葵娜的意思」為第一目的，總之可以算是達成任務了。

但是，在下命令的女王面前陳述葵娜的回答確實需要一點勇氣。

雖然想稍微粗暴地留住她，但被派遣到葵娜可能去的各地的暗衛們，最後被交代了一個重要事項。

也就是「絕對不能惹對象不悅」。

有些暗衛同伴對此感到疑問，女王的回答是：「要是阿姨認真起來，這種國家一天就能化作焦土。」

這番對話要是讓本人聽到，絕對會讓她激動地說：「傳言遊戲到底是誇張到什麼程度了啦！」

庫洛夫在葵娜與妹妹的決鬥中窺見片鱗半爪，所以把想繼續說出口的話吞下肚。

就算減去偏袒成分，庫洛菲亞也是屬於冒險者上位者。

這樣的妹妹卻因為葵娜施展的一個魔法，而被恐懼籠罩變得極度憂鬱。

葵娜要是認真施展魔法，開始幾秒就能滅了妹妹吧。

「差不多該回村莊了，你呢？」

即使庫洛夫跪著，葵娜仍舊自然，態度完全沒變。

但庫洛夫感到不明所以的視線，全身一顫。

庫洛夫站起身拍拍身上的泥土，對葵娜說：「我先巡視周遭一圈後再回去。」

「這樣啊，那你可以替我對你妹說對不起嗎？」

葵娜沒特別在意地一笑，拜託庫洛夫轉達。

「我會告訴她，但她聽不聽得進去我就不知道了。」

葵娜小聲說著：「是不是嚇過頭了啊？」對繃著一張臉的庫洛夫點點頭。

「嗯～～那麼，現在想想挺有趣的，再讓我見見她吧。」
「她說了那麼多挖苦您的話，您竟然來這招啊，您可真是一位奇妙的人呢。」
被當成不可思議的人，葵娜就擺出不可思議的表情歪頭。
「哎呀，比反目成仇好吧。」
「……我知道了，請您別太期待回應喔。」
庫洛夫平常總是掛著微笑，所以他的表情不好辨識。
但他的聲音交雜著愉悅的氛圍，葵娜也用力點頭。
結果，庫洛菲亞從那之後到葵娜用競技場的戒指回到費爾斯凱洛王都前都沒有走出房間一步。

隔天早上回到費爾斯凱洛王都。
因為葵娜打算跟著討伐隊一起行動，要趁時間還早趕快補給完畢。
首先，用【瞬間移動】到黑魯修沛盧後，前往堺屋。
不管怎樣，回程都要先回樓塔一次後再到村莊，所以葵娜取得瑪雷路同意後，在旅店房間留下簡易道具。
只要把自己的家設定為本據點後就能簡單飛到村莊，除此之外，不把城堡或是其他醒目建築當目標就沒辦法移動，就是【瞬間移動】魔法的不便之處。

剩下的手段就是以前在各地設置，名為「傳送門」的中繼地點，但比較今昔地圖後，現在的里亞德錄似乎不存在傳送門。

慎重起見，葵娜去黑魯修沛盧附近的傳送門看過，連痕跡也不剩。

「大概只能自力建造能當成目標的樓塔了吧？」

『那肯定會成為盜賊或是山賊的據點呢。』

「那麼，就放龍或是魔像守著吧……」

『那已經不是中繼地點，而是要塞了吧？』

被奇奇正確的言論吐槽後，葵娜放棄這個計畫。

如果完成了，肯定會被視為可疑建築物，最先被派來調查的冒險者等人應該會遭遇不幸的事故。

「再來就是得去尋找、採集魔韻石才行～～也想順便挖出矽砂來做房子的玻璃耶～～」

『全部都是材料呢。』

葵娜邊走在黑魯修沛盧的街上邊和奇奇對話。

旁人只覺得她邊走路邊自言自語，但她本人沒有發現。

魔韻石就是可以儲存魔力的礦石，可以當成持續作動的魔道具的電池用。

效果因為大小而有不同，就算沒有辦法寫入永久性的咒語，也能用在幾十次的簡易魔法上，所以能在各方面派上用場。

不僅燈光，只要寫入【凍結】魔法做成桶子後就能變成冰箱，寫入【旋轉】魔法，桶子也能變成洗衣機的替代品吧。

在遊戲時代，這兩者都需要去採集點挖採，但不知道這邊是不是也相同。

講白一點，這不是挖山就能找到的東西。

目前大概有兩個尋找方法。

毫不遺漏地探查地底，找出魔韻石的礦山。

或是召喚出名為「岩石蠕蟲」的魔獸，讓牠去找。

蠕蟲系列的魔獸喜歡堅硬的岩石，有把岩石中的礦物資源堆積在巢中的習性。

一隻可以長到全長二十公尺，直徑五公尺大，所以棲息地的地形到處都是洞穴，是很讓人困擾的魔獸。

上位種有只會蒐集寶石的寶石蠕蟲，而這是有特殊喜好的人絕佳的獵物。

在活動中出現時，會讓該區域出現大範圍坑洞，是很不受玩家歡迎的魔物。

過幾天，知道不用去挖也有得手的方法，讓葵娜稍微感謝現在這個世界了。

「……但說回來……」

抵達時，堺屋前的光景與先前完全相同。

可以斷言這條大道根本是靠著堺屋的繁盛操持。

人潮洶湧，員工的呼喊聲與客人和小店員工進出，可說人山人海。

再加上和其他房屋完全不同的平房建築，上面還鋪著日式屋瓦。

人潮中還混雜著與做生意無關，拿著旅遊導覽的觀光客。

兩旁的商家和堺屋的繁盛完全相反，門可羅雀。

看起來的印象完全就是時代劇中出現，倚仗金錢勢力往上爬的奸商。

「凱利克和凱利娜，發音那麼相近，完全就是用我的名字改的吧。梅梅這兩百年間也很寂寞吧？」

奇奇沒有回答葵娜的喃喃自語，反而是有其他聲音叫住她。

「……曾外祖母？」

「啊啊，是伊澤克啊，好久不見。」

帶著員工走出來的精靈小老闆發現站在路上的葵娜。

小跑步靠近後先一鞠躬，一臉開心地詢問：「今天怎麼會來啊？」

「我來送個信。派遣工坊一家人到費爾斯凱洛國境附近小村莊的人是凱利克嗎？」

「那部分不在我的管轄內，我去向父親確認喔。」

伊澤克向跟在自己身後的犬人小侍交代幾項工作後，帶著葵娜再度走回屋子裡。

「你可以先以店裡的利益為優先啦～～」

「如果我置曾外祖母於不顧，父親會很恐怖呢。正好姑姑也在。」

「凱利娜嗎？」

不小心就回問了，但對凱利娜來說，堺屋就是她家。
在裡面碰見也不奇怪吧。
伊澤克帶葵娜走進鋪上木質地板的寬敞洋式房間，裡面擺放著相當有質感的家具。
那是可以一望長著茂盛的從葵娜的主觀來看有點奇怪的植物，還有葫蘆形狀白沙地的庭院的房間。
那和之前帶她去的房間不同，而且伊澤克還朝一開始就敞開的門板上敲門。
姊弟轉過頭看有什麼事，發現跟在伊澤克後面出現的是葵娜後，慌慌張張地端正姿勢。
「父親、姑姑，曾外祖母來訪了。」
「喲，你們兩個都好久不見了〜〜」
「「外、外祖母？」」
不知為何異口同聲且戰戰兢兢的姊弟看著葵娜。
「那麼，曾外祖母您請慢坐，我待會兒讓人端茶過來。」
「你別費心了，謝謝你特地帶我過來喔，伊澤克。」
目送伊澤克鞠躬後離去的凱利克和凱利娜的詭異舉止相當顯眼。
凱利娜經過騎士團的精神訓練後還沒那麼明顯，但凱利克相當慌張。
他的狼狽模樣讓人心想「這也稱得上是創立這個大型流通機構的大商人嗎」，有事想瞞也全曝光了吧。葵娜皺起眉頭。

「外、外祖母，好久不見了。這次有什麼事……？」

「你怎麼這麼慌張啊，有什麼事瞞著我嗎？」

一語中的讓兩人的心跳漏跳一拍。

葵娜說了一聲「我坐這邊喔」，在凱利娜身邊坐下，把思雅交給她的文件拿給凱利克。

從葵娜手上接過簽約工坊關於新技術的報告書讓凱利克嚇一大跳。

大致瀏覽後，凱利克發現技術提供者的簽名欄上寫著外祖母的名字，驚訝得睜大雙眼。

又再讀過一次後，戰戰兢兢地看向坐對面的葵娜。

「寫在這上面的機械，該不會是【古代技法】吧？」

「對，只要想辦法研究那個，應該就可以找到能派上許多用場的道具吧？」

對【技術技能】竟然在現在的世界被冠上【古代技法】這誇張的名稱，也只能傻眼了。

即使如此，能做出來的只有照本宣科的幾種模式而已。

讓現在的技術者們改良後，使用方法應該可以不局限於水井。

依賴魔道具也是一個手段，但小村莊大多還是靠人力解決。

遊戲中，玩家做出的各種東西充斥著城市與領域。

葵娜想著，讓他們研究技術及機械的一部分，要是能夠稍微重現應該很有趣吧。

「真要說起來，這類的商談應該是屬於奧普斯的工作耶。」

「外祖母？」

「啊，沒有，沒事沒事。」

不小心就把抱怨說出口了，葵娜連忙蒙混過去。

「話說回來，為什麼凱利克的勢力範圍會擴展到費爾斯凱洛那邊的村莊啊？」

「沒有啦，只是覺得可能可以成為生意的點子而已。聽到那邊有許多有趣的東西，但沒想到，那是外祖母做出來的東西啊……」

和有點得意的凱利克相反，凱利娜抱著頭重重嘆了一口氣。

「外祖母請您小心。這傢伙一旦產生興趣，就很難放手。他會巴著不放，直到理解所有原理為止。」

「……姊姊，妳可以別把我說得跟里多蛇一樣嗎？」

「這是事實吧。你以前分解了幾個父親買來的道具？家裡每次都到處是你分解過後的零件。」

「妳想怎樣？」「你說什麼？」互相怒瞪的姊弟，聽見呵呵笑聲後才回過神別過頭去。

葵娜手摀著嘴巴抖動肩膀，邊點頭說「很像很像」邊笑。

不好意思的凱利克說著「茶怎麼這麼慢啊」並離席。

弟弟逃跑後，凱利娜面對葵娜的滿臉笑容，度過了一段膽顫心驚的時光。

凱利克沒過多久走了回來，讓帶來的女僕倒茶，戰戰兢兢地坐回位子。

「那麼那麼，你們兩個在商量什麼事啊？」

葵娜拉回最初的話題，姊弟一時說不出話來。

【直覺】告訴他們，現在葵娜好奇的是姊弟聚在一起這件事。

剛剛凱利克狼狽的態度也讓葵娜在意，隱瞞之事也足以引起葵娜興趣。

兩人看了葵娜的臉大概感到危機吧，紛紛別過眼。凱利娜甚至還伸手把靠在椅子旁的劍拿過來。

「比、起、那、個，你們兩個湊在一起是要做什麼壞事嗎？」

「啊、啊啊、沒、那、那個是啊──……哈、哈哈哈。」

「……凱利克，這個笨蛋……」

就算是精通話術的商人，在第一印象是惹怒後會很恐怖的葵娜面前，凱利克無法掩飾自己的動搖。

看見弟弟驚惶失措的態度已經自招「有什麼事」，凱利娜只能扶額嘆氣。

凱利娜原本為了外祖母著想而想隱瞞，既然已經瞞不住了，她決定自己開口。

「那個，關於外祖母抓到的那個盜賊頭目……」

下一秒，葵娜露出跌入谷底的鬱悶表情。

雖然交給國家了，但原本同為玩家，不可能不在意。

凱利娜以為自己措辭有問題，稍微猶豫了一下。

但已經說出口了也覆水難收，她只能繼續說下去。

「前幾天，執行公開斬首……」

葵娜的心情又更低落了好幾分。

他做了足以判死的事情，國家如此處理並沒有錯，但孫子們擔心溫柔的外祖母連殘虐的壞人之死也感到自責。

創造出殺死玩家契機的人確實是葵娜。

但是，會有這種下場的玩家本身也有錯。

話雖如此，當初原本打算當場殺人的本人來說這種話也很奇怪。

更正確的說法應該是「葵娜當時因為只有那種處置方法而焦急」。

葵娜反而在內心偷偷感謝凱利娜當時阻止她。

雖然犯下重罪，但那是少數的同胞（玩家）。

先把這放一邊，這件事還有後續。

「表面上……」

「什麼……？」

凱利娜不知該怎麼解釋的困惑表情令葵娜驚訝。

凱利娜吞吞吐吐說出口的話簡單來說就是這樣。

公開斬首時用斷頭台行刑，但這沒殺死頭目。

正可謂她也不知道自己在說什麼，以下省略。聽到凱利娜的說明後，葵娜也相當困惑。

（斬首還死不了……玩家有這麼頑強嗎？）

『想要殺死玩家，除了讓ＨＰ歸零外沒有其他方法。』

在腦內和奇奇高速對話的結果。

殺不死大概是因為造成的損傷是用ＨＰ制度計算。

里亞德錄遊戲中，生死的界線就是ＨＰ是0或1。

所以說，就算遭受頭被砍落的傷害，只要ＨＰ還剩下1就不會死亡。

大概是沒有將ＨＰ分散到身體各部位的設定救了頭目一命吧。

【懲罰項圈】雖然會將能力數值降低到十分之一，但ＨＰ和ＭＰ仍維持原本數值。

就算防禦力變差，魔人族本來就有自豪的高ＨＰ。

再加上【常時恢復ＨＰ】的技能，魔人是很難死掉的種族，對熟知奧普斯的葵娜來說，這是理所當然的常識。

先不說這個，公開行刑場當然引起巨大騷動。

因為斷頭台砍不了他的頭。

沒有辦法，國家只好暫停行刑，幾天後拿相似的罪人頭顱示眾來展現王室的威嚴。

而因為一部分臣子對斷頭台殺不了頭目一事感到恐懼，決定判他強制炭礦勞動罪（無期徒刑）。

有種好像鬆了一口氣，又好像問題堆積如山的感覺。

雖然有超多掛心之事，但接下來只能交給國家處理了。
葵娜稍微安心後回復原來的狀態，摸摸說出應該是內部機密的凱利娜的頭表達感謝。
「外、外祖母……我已經不是小孩子了……」
「妳是我孫女啊，凱利克也過來，讓我摸摸你。」
葵娜招招手要他過來，凱利克搖搖頭往後退。
一看見葵娜不滿的表情，立刻慌張地走出房間。
「我、我去拿酬勞過來！外祖母，請您等等啊——！」
腳步聲消失在遠方。
葵娜呆呆目送他離去，還被摸著頭而染紅臉的凱利娜也不忘記說：「弟弟只是在害羞而已啦。」
看著飄散閒適氣氛的庭院，葵娜彷彿看見孩童時代的光景。
這就是所謂的父母心嗎？她回想起母親過去摸自己頭的畫面。
「要是從小這樣教育就好了……」
「如果我也從小就認識妳，現在應該過著更不同的生活吧。」
對「如果」話題志投意合的兩人微笑互視。
從不久後回來的凱利克手上接過酬勞。

葵娜請他把金幣全部換成銀幣。

因為道具箱沒有自動兌幣功能。

道具箱顯示的是遊戲中的及耳，這等同於現在的銀幣。

如果不另外準備袋子裝金幣和銅幣，就沒辦法收入道具箱中。

「真是的，實在有夠麻煩。」

「不，對商人來說，那個技能可是無比想要的東西呢。」

「我懂，因為可以空手連行李也不需要啊，對吧？」

「貴族中還有人相信只要出錢就能買到，還請妳別隨便被其他人看見。」

「……感覺要是對外祖母這樣說，貴族就會在隔天消失殆盡耶……」

聽見凱利娜稍稍從葵娜身上別過眼的輕語，凱利克臉頰抽搐。

「沒禮貌！奧普斯才會那樣做！我頂多把對方變成豬啦！」

看著葵娜在胸前握拳，凱利克繃著臉說：「真希望妳別宣言這種事情啊。」

「剛剛外祖母口中的奧普斯是誰呢？」

「嗯～～……損友？」

凱利娜聽起來「損友＝擁有同等力量的人」，對有兩個葵娜的衝擊嚇得說不出話來。

對於「要是有兩位這種人物，根本無人能阻止他們」的事實感到驚嚇。

「那麼，避免被騎士團拋下，我先回費爾斯凱洛。」

「騎士團？」

「對，我聽說他們要和黑魯修沛盧的騎士團一起去消滅盜賊的據點，所以想和他們同行一段路。凱利娜不去嗎？」

「我現在的任務只在都市內部，那方面與我無關。」

「這樣啊。」

「外祖母是接受了冒險者公會的委託嗎？」

凱利克詢問後，葵娜揮揮手表示不是。

「我有點事要去途中會經過的漁村。」

「原來如此，和先前拜託我的事情有關吧，我明白了。然後關於前幾天那件事，結果不太好，真的很不好意思。」

「啊～～啊～～別在意，我也知道自己拜託了為難的事情，我就自己慢慢找吧。」

果然，要找到認識人魚的陸地之人還是有難度。

葵娜嘆氣，只能踏遍每個灣岸去找了。

葵娜用【瞬間移動】前往費爾斯凱洛王都。

出現地點在東門外，遠離街道的森林裡。

魔法的規定是在門附近一百公尺內。

飛進城市有撞到人的危險，而且會發出強烈光芒，被人看見也會產生問題。

這是為了要對愛擔心的兒子們交代去處。

首先到市場買少量蛋糕的材料。今後可能有機會招待誰，但已經沒打算請全村人吃了。

道具箱的一半空格放食物，另一半買了兩三人份的露宿道具。

接著問附近的小孩有沒有人在賣石頭。

葵娜問了凱利克關於魔韻石的事，得知東西本身存在，但因為沒人會加工，長年來讓大家對於這石頭到底有什麼利用價值感到不可思議。

葵娜在黑魯修沛盧找出這些石頭全買下來。

孩子們會在路邊或河邊找漂亮的石頭，把石頭磨得漂亮一點後販售賺零用錢，葵娜【調查】後發現裡面有幾顆魔韻石。

所以她也在費爾斯凱洛尋找同樣在賣石頭的小孩。

一問被殿助帶著到處跑的孩子們後，一下就找到了。

葵娜從做相同生意的孩子手中，得手大量的魔韻石。

但一個大約兩公分大小，得以量取勝才行。

葵娜預定之後要加工成一定大小來用。

短時間內，她只能當孩子們的貴客了。

關於魔韻石，葵娜也向凱利克提議要把商品化後的販售權讓給他。

雖然凱利克回答「我考慮看看」，但他似乎認真計劃要做一個可供密切聯繫的「堺屋‧邊境村莊分店」。

感覺在葵娜伸手不可及的地方，邊境村莊強化計畫不停推進。

接著前往長男斯卡魯格所在的教會，但他去王城開會不在。

大概是為了明天的騎士團派遣做最後調整吧。

這樣從他人口中聽聞，就會覺得他很認真替國家工作。

雖然每次見面時，這份想慰勞他的心情也會被他擊碎。

沒辦法，葵娜只好前往隔壁的王立學院，對警衛點個頭後穿過校門，走進校園內。

教師們也已經知道葵娜是誰，到學院長室的路上沒人特別喊住她。

「媽媽？」

「嗨～～梅梅。」

看到敲門進辦公室的葵娜後，梅梅停下手邊的文書工作，迎接突然到訪的母親。

那可說是突擊，用全身表現她親愛的喜悅。

「妳為什麼要突然這樣抱緊我呢……」

「因為媽媽這一陣子都不理我嘛。」

「結了兩次婚還有小孩，都一把年紀的女人是在說什麼啊。」

「啊～～媽媽說話好狠～～」

葵娜抬眼稍微瞪了梅梅，她只好不甘願地放開緊抱胸前的葵娜。

葵娜則是有點忌妒擁有成熟豐滿身材的梅梅。

因為創角造型的弊害，葵娜完全沒有成長徵兆之類。

謝謝女兒親手泡茶給她後，葵娜喝起今天第二杯紅茶。

堺屋端出來的紅茶是高雅風味，這邊的則是有點甜。

「那麼，今天是為了什麼事情前來呢？」

「我明天開始要去海岸沿線找龍宮城，所以又要離開這邊了。」

「那個『龍宮城』是什麼啊……？」

「哎呀呀，這個稱呼不普及啊？簡單來說就是海中版的守護者之塔啦。」

「這樣啊……在說『離開這邊』之前，媽媽是不是也該決定固定居所了啊？別老是這樣居無定所。」

對方先開口說出自己打算說出的話，葵娜想著時機正好，滿臉笑容點頭。

反而是梅梅看見葵娜回以滿臉笑容而抱持警戒。

「嗯，找完這座塔之後，我想要在邊境村莊定居下來。」

「咦咦咦咦咦咦咦？」

「幹嘛那麼驚訝？妳剛剛不是才說嗎？」

梅梅睜大雙眼差點弄掉手上的茶杯，葵娜淡然回應她。

梅梅的反應幾乎如葵娜所料，看這樣子，斯卡魯格大概會說出蓋教會之類的話吧。

「不是在王都嗎？」

「才不要，這種地方自然景色又少，又會被捲入麻煩事情裡。而且感覺斯卡魯格每天都會跑來，很恐怖。」

「哈……哈哈，哥哥感覺很容易這樣做呢，確實是……」

太多認識的人是國家當權者這點也值得深思。

大司祭、宰相、學院長、工坊老闆、騎士團長、公主以及大概是王子。

就人脈來說，葵娜很幸運吧。

才到這塊土地不過三個月，這等豪華陣容也太誇張了。

再加上孫子是在國家間有影響力的商人，還有外甥女治理的南邊國家，感覺只要發生爭執都會把她牽扯進來，讓她越來越不安。

也對梅梅說：「等風頭過去前，可能都會躲在村莊裡。」

梅梅覺得比起待在無法聯絡的森林深處，現在這樣還比較好，也爽快接下聯絡斯卡魯格和卡達茲的任務。

葵娜道別後就用【瞬間移動】消失，梅梅喃喃唸著：「還真是匆忙啊。」

「話說回來，媽媽每去一個地方都會出現騷動耶……」

來到王都就幫忙抓了王子。

把大司祭踹飛的同時，梅梅也順便遭池魚之殃。

往北邊走就消滅了盜賊，才剛回來就出現過去的活動怪獸。

感覺葵娜逐漸成為抑止世界走偏的力量。

「再怎樣應該不會到海邊去還撿到什麼騷動的源頭之類的……吧……？」

總覺得心頭不安。

因為葵娜被捲進騷動或是引起騷動，就等於她要釋放那稀世的力量，該不會幾天過後就接到海岸地形出現變化的消息吧。

輕而易舉能想像出那副模樣，讓梅梅無法壓抑頭痛。

葵娜直接回到設置【瞬間移動】時當作目標的簡易點（拋棄式）的房間。

莉朵看見應該已經出門的葵娜從二樓走下來，嚇一大跳。

瑪雷路不想干涉顧客的事情，所以一如往常迎接葵娜。

時近傍晚的旅店中，已經沒有昨晚那般喧鬧的氣氛。

照實說，就是太安靜了。

「感覺好像安靜許多耶。」

「啊啊，從歐泰羅克斯來的學者們回去了，說什麼已經達到目的了。」

「真、真的只為了背後的目的而來啊……那些暗衛們……」

「那個貓人小哥有找妳，說想和妳道別。」

「哎呀，那還真是不好意思耶。我要是再晚一點出門，就會趕不上妳的晚餐了啊……」

「妳還是一樣，老是自然說出讓人開心的話啊。就算妳捧我，菜單也不會增加喔。」

「哎呀呀，那還真是遺憾。」

葵娜敲敲自己的頭擺出失敗了的表情，瑪雷路邊笑邊走進廚房。

莉朵仍一臉無法理解地抬頭看葵娜。

「妳明明出門了，為什麼會從樓上下來啊？」

「嗯？啊啊，那個啊，如果是有點規模的大都市，有無關乎距離也可以瞬間移動的魔法啦。」

「是喔～～大姊姊好厲害～～……」

看著莉朵毫不懷疑用欣羨的眼神看著自己，葵娜小心不讓莉朵看出她有點害怕。

如果可以帶莉朵一起去就好，但又不能組隊，這根本辦不到。

其他有什麼能讓她開心的事情——葵娜想想，決定先問問看。

「那麼莉朵，妳下次要不要飛上天空看看？」

「什麼？……天空？」

「對對，天氣好的時候。肯定可以看到很遠的地方，很漂亮喔。」

「嗯～～但是媽媽～～……」

如果瑪雷路不同意，莉朵就不能離開旅店，葵娜蹲下身和莉朵視線平行，摸摸她的頭。

「那我也一起拜託瑪雷路，她說『可以』的話，我們就去？」

「嗯、嗯！」

看著親姊妹般互視而笑的葵娜和莉朵，難得提早來幫忙的親姊姊路依奈很沮喪。

「嗚嗚，莉朵連我也沒那麼親近耶……」

「關於和孩子的相處，葵娜比妳高明好幾倍呢，真是個不可思議的女孩。」

終章

黑暗中，幾個影子蠢動。

地點就在費爾斯凱洛城市內部。

雖然已鋪設石板路，有個地方還被十數棵維持自然留下來的樹木包圍。

樹木長得比雙層樓建築的房屋大上一圈，往旁邊生長的枝葉提供涼爽的樹蔭空間。

白天居民會各隨己意聚集在這裡，是個深受大家喜愛的悠閒休憩空間。

帶著小孩的母親們把這邊當成聊八卦的地方。

讓孩子繼承家業後，開始過著悠閒第二人生的老夫妻也會到這邊來走走。

被趕出再開發區域的壞小孩們也會在樹蔭下聚集，和喬裝過後的王子一起策劃惡作劇。

但再怎樣，到了晚上只靠月光照明，樹木的影子創造出詭譎氣氛。

連巡視的衛兵們，到了晚上也帶頭不肯接近，這相當有名。

甚至有人說出如果要到這邊巡視，去一堆魯莽胡鬧者聚集，有許多酒館的那一帶巡視還比較好。

本來不是這類影子可以橫行的場所。

即使看起來是很恐怖的地方，巡視的衛兵還是會走到裡面來看。

但不知為何，這一天只是稍微瞄了一下，沒打算走進去。

終章

其中一棵樹。

在朝天伸展的枝葉上，有個影子不自然地將樹梢當作立足點。

平常明明連小鳥只是稍作休息抓住而已都會大幅晃動。

但現在承受一個人的重量也毫不動搖，就算有影子，也是個讓人懷疑「真的有東西在那嗎？」的現象。

包圍廣場的其他樹木樹梢也有類似的影子。

一個是有三個成人大的巨大身體，非人的證據在他有很多隻手。

一個令人嚴重懷疑到底是不是人，他沒有脖子，而且明顯比人類更加纖瘦。

與之相對的兩個影子還稱得上是人吧。

雖然一個耳朵很長，一個有長角，所以也不能說是人族。

沉默中，長角的人影終於開口。

「名聲開始傳開後，貴族的騷擾也差不多要變多了吧。他們應該不會派自己的手下，而是派小嘍囉，那些傢伙就交給你們處理。」

聽起來像年長男性的聲音。

雖然聲音小到只能讓旁邊的人聽見，但在連樹葉摩擦聲也沒有的夜晚相當響亮。

對面的異形們點點頭。

巨大異形還顫抖著身體，發出「格格格」的笑聲。

「手段就交給我們決定可以嗎？」
另一個纖瘦異形用沙啞粗糙的聲音詢問，長角的影子微微點頭。
「那麼，上吧。」
簡潔號令一下，異形們彷彿被吸入樹影中般消失。
只剩下兩個影子。
長角的影子轉過頭去看至此一語不發的長耳影子。
從柔軟的線條輪廓來看，知道這是一位女性。
「不去見她可以嗎？」
「見了也沒意義。」
毫不遲疑否定她的提問後，與異形被枝葉影子吸入一般消失身影。
同時，女性的影子也突然消失無蹤。
在這之後，樹木像這才想起來似的隨風擺盪枝葉。

特別短篇

新的每一天

蜜咪麗突然抬起頭，放鬆自己不知不覺中緊繃的身體。

也把下半身伸直後，身體失去浮力沉入熱水中。

「呼～～」

「哎呀，怎麼了嗎？」

「啊，沒有，沒什麼事。」

在對面泡澡的婆婆擔心問她，蜜咪麗故作平靜地回以乾笑。

「有什麼事要說喔。」

「是啊，這種偏僻村莊能得手的東西也有限就是了。」

「我們受蜜咪麗很多關照啊。」

泡在浴池裡的阿姨們滿臉笑容點頭。

從沒如此當面接受感謝的蜜咪麗相當不知所措。

蜜咪麗在人魚之鄉被當成路邊的石頭看待，對不習慣這個村莊溫暖雞婆對待的她來說，這是未知的感覺。

「我們自己也是，最重要的是葵娜把妳託付給我們啊。」

「沒錯沒錯，是在村莊裡建造澡堂這種奢侈品的葵娜啊。」

「不求任何回報就在這種地方做這種東西，想到除了感謝外無法回報就讓我們覺得過意不去。」

聽阿姨們說，葵娜只用一天時間就做出這個建築物。

而且沒有任何村民拜託她這樣做，只是因為「有的話會很方便」。

聽說多虧有這個設施，村民們也養成每天洗澡的習慣。

在這之前只有在想到時會在臉盆裡裝水擦拭身體，這讓人嚇一大跳。

對時時都在水中的蜜咪麗來說，簡直難以置信。

「葵娜是從哪裡來的啊？」

「不知道耶。」

「只知道某天突然來這個村莊，然後開始住在瑪雷路那邊。」

「這麼說來，葵娜不怎麼說自己的事情呢。」

「但是——」

「「「大家都知道她有三個小孩。」」」

最後可以如此愉快地異口同聲，這件事大概相當具衝擊性吧。

就蜜咪麗所知，葵娜強大到令人畏懼。

首先，她是高等精靈這種罕見種族。

在蜜咪麗的世界，高等精靈根本是童話世界中的人。

和人魚這身處最下層的弱小種族完全不同。
在這邊的世界似乎只是稍微罕見，但知道她可以自在操控精靈的那一刻起，對蜜咪麗來說，葵娜就是可以當成神明使徒崇拜的對象了。
在此時，就能理解蜜咪麗原本所在的世界和這個世界有多不同。
但葵娜很認真想替蜜咪麗找出人魚之鄉。
事到如今也無法說出「根本不同世界，所以不用找了」。
而蜜咪麗自己對故鄉沒什麼好回憶，也沒有強烈想回故鄉的想法。

蜜咪麗他們人魚族，因為常聽見的民間傳聞而長年處於痛苦立場。
那就是「吃了人魚肉就能不老不死」。
人魚族自己頂多只能活兩百年，吃了人魚肉的人卻可以不老不死，這也太不合理了吧。
長年來，人魚族不斷對這種說法提出異議，但至今仍沒有改善的跡象。
聽說在人類之間，一片人魚肉擁有一座黃金小山的價值。
對人魚族來說，才想怒吼：「別開玩笑了！」
但就算怒吼也無法改變立場。
人族君臨世界的現狀無法動搖。
隨著時間過去，人魚族只是不斷被趕往海底更深處。

蜜咪麗和大她一歲的姊姊蘿麗，是得擔起一族下一代重任的少數孩子。
一族人對姊妹有過度期待，開始填鴨式教育。
一開始姊妹感情很好，也會互相切磋琢磨。
兩人互相幫忙，彼此教對方，吸收人魚族必要的知識。
過不久，蜜咪麗開始出現問題。
學習開始跟不上，轉變成蘿麗單方面教導的關係。
當然，蜜咪麗沒有因此放棄。
她拚了命想追上姊姊，不眠不休努力學習。
但沒辦法填補與姊姊之間的差距，只是越差越多。
接著，蘿麗開始不理蜜咪麗了。
「蜜咪麗，對不起。」
「……姊姊。」
「不是妳的錯，沒有人有錯，只是人魚族面對的環境讓我不得不這麼做。」
「姊姊，別道歉……」
「對不起，對不起喔。」
「……姊、姊。」
下一任女王的頭銜重重壓在蘿麗身上。

一族的未來全賭在她身上。
蘿麗根本沒有餘力看下方，只能捨棄蜜咪麗。
蘿麗也不願意捨棄妹妹，不難想像那是個多麼痛苦的抉擇。
要是張皇失措，可能讓兩人一起被人魚族這個群體拋棄。
就這樣，蘿麗坐上下任女王的位子，而蜜咪麗被排除在下一任領導者的教育之外。
半途而廢的蜜咪麗，總之先被派去種海草。
對一族來說，沒有讓多餘的人遊手好閒的空間。
被烙印上下任領導者不及格者的蜜咪麗，也有人認為不需要她，要將她趕出去。
而這件事，蘿麗以交易的方法將蜜咪麗留在村莊裡。
蘿麗繼承女王之位，並且生出下一任女王，以此交換希望蜜咪麗留下來。
對蘿麗來說，就算沒有辦法說話，只要能確認妹妹還在就好了。
只要能見到蜜咪麗一眼就能讓她安心，就能有勇氣領導一族走向安寧。
就這樣，蘿麗年紀輕輕成為女王，著手執行讓數量驟減的一族人數變多的政策。
至少她的統治，多少讓一族的運氣往上提升了。
人民讚頌女王，女王成為人民的支柱，一族得到安寧之地。
蘿麗成為名聲響亮的人魚族救世主。
但是並非所有事情都朝正面發展，也有可稱為政策漏洞的負面存在。

而這沒有浮上檯面的最大理由，就是矛頭全部朝蜜咪麗發洩。
「女王的殘渣。」
「白吃白喝的。」
「人類的間諜。」
「沒用。」
「女王留下來當人民不滿受氣包的活祭品。」
人們當著她的面說壞話，每天都得聽到這些過分的話。
沒有真正傷害蜜咪麗，是因為族人和女王約好了。
接著，以可能有下毒的危險性為理由，蜜咪麗被迫離開種海草的工作。
她雖然身處村莊，卻不被任何人需要，沒有自己的容身之處。
蜜咪麗避開人群在村莊邊境生活。
只有在有活動時會為了女王被拉出去，但不允許她和女王交談。
人魚民眾會在她面前口出惡言。
只要女王見著她了，就又會把她趕走。
就這樣，她的心越來越疲憊。
就在此時，她被眼前出現的黑洞吸進去。
被丟進未知的黑暗與水深甚淺的淡水水域中時，她真心覺得這是詛咒。

靠著一點小魚存活，空閒時就唱歌排解寂寞。
即使如此，這環境都比故鄉好上好幾倍。
為了活下去拚命，根本沒時間說辛苦。
雖然對找不到逃脫路徑離開這個空間感到不安。
就在此時，她——葵娜帶著強烈的存在出現了。
側眼看著目瞪口呆的蜜咪麗，葵娜操控水與地精靈，帶著她到外面的世界。
接著在人類的村莊替她做了住處。
「那剛好，我剛拿到免費的住宿券，所以想讓妳住在村莊裡。」
一開始蜜咪麗也害怕自己不知道何時會被殺來吃，但村民們相當溫暖地迎接她。
「哦～～妳是人魚啊。」
「還是第一次看到呢。」
「我可以叫妳蜜咪姊姊嗎～～？」
葵娜離去後仍舊相同，沒有人態度突變。
平靜下來理解自己的狀態後，事事都令她沮喪。
飲食靠著村民的好意以及葵娜提供的金錢獲得。
不感到不安才奇怪。
如此一來，不就和在人魚之鄉時相同只是個「白吃白喝的」嗎？

所以她想要幫上什麼忙，不想重蹈在故鄉時的覆轍。
偶然在表演水流操控魔法給莉朵看時發生的事情成為一場及時雨。
因為莉朵和婆婆們的建議下，她開始洗衣工作。
費用是一個家庭一整籠衣服一枚銅幣。
因為蜜咪麗不懂貨幣價值，是村裡的阿姨們替她想的。
一開始是三枚銅幣，但蜜咪麗以所有東西都是借用的為理由感到為難，所以降成兩枚銅幣。
接著因為需要莉朵在旁幫忙，所以決定一人一半。
就村莊小孩的立場來說，這個零用錢的金額太過龐大。
「不行啦，怎麼可以在她還小就給她這麼多錢，一天一枚銅幣就夠了。」
「嗯，我拿到這麼多錢也很困擾。」
因為父母和她本人都很為難，就決定如他們所說。
蜜咪麗收下每家一枚銅幣的洗衣費，接著每天再從其中拿出一枚銅幣，支付莉朵幫忙的酬勞（打工費）。
沒想到，一開始只是受理獨居男性家裡的衣物，這個便利性卻吸引了其他村民前來。
農村的主婦工作大概相當辛苦吧。
現在，村裡有一半的家庭會來委託蜜咪麗洗衣服。

因為水桶高度超過一個大人的腰，對沒辦法站立的蜜咪麗來說，要看水桶內部都是重勞動。

而這也在某天葵娜突然造訪時全部解決了。

「妳在幹嘛？」

「嗯～～？啊，葵娜小姐妳好，正如妳所見，我在洗衣服啊。」

「洗衣服？妳為什麼在洗衣服？」

看見恩人一臉疑惑，蜜咪麗不禁乾笑想著：「大概讓她擔心了吧。」

如此這般說完事情的來龍去脈後，葵娜陷入深思。

就在蜜咪麗開始對「在澡堂做這種事情是不是很不好啊」感到不安時。

「難得我在旅途中賺了一大筆錢，打算給蜜咪麗耶。失算了。」

「咦、請等等，不要繼續增加我的債務了啦！」

「別擔心啦，只是在澡堂旁邊替妳蓋一個專用的洗衣房而已。做個跟添水一樣會點頭的桶子就好了吧。」

「添水是什麼？請等等啦！欸，妳有聽我說話嗎？」

「有啦有啦，沒問題別擔心我會做個很棒的工作室給妳！」

「咦咦咦咦咦！」

接著不知從哪變出木材，在半空中舞動變化形狀。

就在瞠目結舌的蜜咪麗面前，在女性澡堂的更衣室外側，增設了一個房間。

設置了四個開口可以朝上、朝下、朝旁邊轉動的水桶，還設置了可以從高處朝水桶注水的魔道具。

也有讓蜜咪麗容易移動的水路，可說是洗衣專用、盡善盡美的房間。

雖然很感謝葵娜，但蜜咪麗抱頭煩惱著又欠葵娜人情了。

「……真是的，既然如此，我一定要讓這個工作上軌道！」

似乎有個燃起使命感的人魚降臨了。

過去蜜咪麗曾經面臨情感枯竭，對自己身處的環境流不出淚水的狀況。

忙碌後，蜜咪麗開始出現「有過去那段時光真是太好了」的想法，她自己也不禁苦笑。

「果然得感謝葵娜小姐才行，還有莉朵和村民們。」

之所以能出現往前邁進的心情，也都是因為有這個溫暖的地方。

日後，這引起某商人的注意，還將此事業推廣到全大陸，這又是題外話了。

登場人物介紹

WORLD OF LEADALE

Character Data

2

Character Data

凱利娜

梅梅的女兒，
凱利克的雙胞胎姊姊。
也就是葵娜的外孫女。

雖然是年齡還不滿一百歲的精靈年輕人，但她是黑魯修沛盧騎士團的顧問。擁有可說是黑魯修沛盧最強的強大實力，即使如此，似乎還是遠遠比不上玩家的盜賊團頭目。個性認真，對自己和他人都很嚴厲，但騎士們相當崇拜她。

幾乎不回家，都在騎士的宿舍中生活。稱弟弟為愚弟，順帶一提，工作就是她的情人，是結不了婚的人種。

Character Data

凱利克

梅梅的兒子，
凱利娜的雙胞胎弟弟。
伊澤克是他兒子。

是經營「堺屋」這個橫跨大陸的大商會的能幹商人。在七國整合成三國時，花費五十年的時間，將支離破碎的通商網整建起來。是商人公會創立者之類的存在。雖然喜歡在做生意時要些陰謀，但不是奸商，這一點請別搞錯。曾惹葵娜不悅，不過和解後對能幫上外祖母的忙樂在其中。現在最在意的事就是替姊姊尋找結婚對象。

後記

大家好，我是Ｃｅｅｚ。

這一次非常感謝大家拿起《里亞德錄大地2》。

我想應該不會有人和我一樣從後記開始讀起，但希望大家可以就這樣走向結帳櫃台購買。

這一次讓我明確理解自己非常不懂得安排時間。

雖然幾乎是自作自受，全都是因為我寫太慢。不知道重複多少次寫完後重讀一次，刪除又再重寫的步驟。

封面完成時，內文大概只完成了百分之二十左右吧……

因為和網路連載版不同，新增了兩個角色，所以又追加這部分的故事。

還要在截稿日逼近時修改原本的文章，讓我過著健康極度惡化的生活作息。一旦改變後就很難調整回原貌。耗費了這般的辛勞，希望大家能喜歡蜜咪麗和妖精妹妹。

接著，那人終於現出身影了。有讀過網路連載版就知道的那個人。

てんまそ老師，這次也非常感謝您繪製了很漂亮的封面、彩頁和插畫。第一次看到時，沒想到封面會設計成粉紅色讓我嚇一大跳。擺進書架時，我想也很難找到第一集和第二集書背如此不同的作品吧。

接著，要對因為我拖到最後一刻才交稿，被我增添諸多麻煩的責任編輯致上最大感謝。

協助本書出版的各位，非常感謝大家。

Ｃｅｅｚ

睽違一集不見，我是負責繪製插畫的てんまそ。

葵娜吃東西的畫面讓人感到心情溫暖呢。
街上隨便就能買到的肉串感覺很硬，
真要說起來，自己也能輕鬆做出來。
但邊走在奇幻街景中邊吃東西，
美味度大概會增加三倍吧。

這次也畫了龍人、貓人、魔人還有人魚等
許多不同種族，相當開心。

那麼，我們下次再會！

國家圖書館出版品預行編目資料

里亞德錄大地 / Ceez作；林于楟譯. -- 初版. -- 臺北市：臺灣角川, 2020.03-
冊；　公分. -- (Kadokawa fantastic novels)

譯自：リアデイルの大地にて
ISBN 978-957-743-634-4(第1冊：平裝). --
ISBN 978-957-743-940-6(第2冊：平裝)

861.57　　109000723

Kadokawa
Fantastic
Novels

里亞德錄大地 2

（原著名：リアデイルの大地にて 2）

2020年8月20日 初版第1刷發行
2022年4月11日 初版第2刷發行

作　者：Ceez
插　畫：てんまそ
譯　者：林于楟

發 行 人：岩崎剛人
總 編 輯：蔡佩芬
編　輯：孫千棻
美術設計：吳佳昫
印　務：李明修（主任）、張加恩（主任）、張凱棋
發 行 所：台灣角川股份有限公司
地　址：104台北市中山區松江路223號3樓
電　話：（02）2515-3000
傳　真：（02）2515-0033
網　址：www.kadokawa.com.tw
劃撥帳戶：台灣角川股份有限公司
劃撥帳號：19487412
法律顧問：有澤法律事務所
製　版：尚騰印刷事業有限公司
ISBN：978-957-743-940-6